GUERRA JUSTA

Carlos Orsi

1ª edição

São Paulo
2010

Editora Draco

Carlos Orsi
natural de Jundiaí (SP) é jornalista especializado em cobertura de temas científicos e escritor. Já publicou os volumes de contos Medo, Mistério e Morte (1996) e Tempos de Fúria (2005). Seus trabalhos de ficção aparecem em antologias, revistas e fanzines no Brasil e no exterior.

Edição: Erick Santos Cardoso
Produção editorial: Janaina Chervezan
Revisão: Andréia Szcypula e Karlo Gabriel
Ilustração de capa: Ericksama

Dados Internacionais de Catalogação na Publicação (CIP)
(Câmara Brasileira do Livro, SP, Brasil)

Orsi, Carlos
Guerra justa / Carlos Orsi. – 1. ed. –
São Paulo : Editora Draco, 2010.

ISBN 978-85-62942-06-8

1. Ficção científica brasileira I. Título.

10-04125 CDD-869.9308762

Índices para catálogo sistemático:
1. Ficção científica : Literatura brasileira 869.9308762

1ª edição, 2010

Editora Draco
R. Carlos Honório, 190 - 13
Jd. Esther Yolanda - São Paulo - SP
CEP 05372-070
draco@editoradraco.com
www.editoradraco.com

Afastemo-nos da perigosa máxima de que
às vezes é útil enganar, fraudar e escravizar
a humanidade, para fazê-la feliz
Pierre-Simon, Marquês de Laplace,
in *Sistema do Mundo* (1796)

Prólogo

É COM EXULTAÇÃO QUE YUSSEF sente a passarela de concreto tremer sob seus pés, um balançar de ritmo obscuro, quase caótico, gerado pelos passos das centenas de outros fiéis que percorrem, ao seu lado, ao seu redor, à sua frente e às suas costas a Ponte Jamaraat, a elegante espiral que contorna e se eleva junto aos três pilares que representam as tentações do demônio, e o próprio demônio.

Para Yussef e todos os demais, os pilares são a culminação de uma caminhada de 14 quilômetros sob o sol do deserto, entre o monte Arafat, onde passaram a noite em meditação, e a cidade de Mina, a leste de Meca.

O grande estádio coberto que abriga a parte elevada da ponte e os três Jamaraat projeta a primeira sombra a descer sobre Yussef desde a alvorada, e agora já são mais de 10 da manhã. A sombra lhe cai sobre a cabeça como uma bênção, uma unção.

A transição da luz cáustica do sol da Arábia para a iluminação mais amena dentro do estádio cega Yussef por alguns instantes, mas seus pés acompanham o movimento ritmado da multidão, sem necessitar da ajuda dos olhos.

É em meio à cegueira temporária, com o demais sentidos – tato, audição, olfato, paladar – subitamente apurados, que o peregrino toma consciência do movimento da passarela, do sabor metálico da atmosfera, da eletricidade que parece saltar de coração em coração, conforme se aproxima o ponto alto do ritual do hajj. Neste momento ele sente aquilo que seu mulá havia descrito: a exaltação única de estar a sós com Deus, em meio a uma multidão.

A Ponte Jamaraat é segura. Décadas atrás, não era incomum que fiéis morressem, duzentos, trezentos, pisoteados em meio ao apedrejamento de Shaitan, o satã. Mas, desde então, fora erigido o estádio, o maior do mundo, e erguida, em seu interior, a passarela atual. Ampla, elegante, delgada, resistente: concreto sustentado no ar, segundo diziam, pelo hálito do Profeta.

Os olhos de Yussef acostumam-se, finalmente, à penumbra. Do lado de fora do estádio, um risco de luz branca corta o céu, muito azul, sem que quase ninguém se dê conta. Todos os peregrinos que ainda se encontram fora dos portões estão concentrados na fila que dá acesso ao interior, à sombra, à espiral, aos Jamaraat.

No segundo que Yussef leva para erguer o braço, posicionando-se para arremessar a primeira de sete pedras contra o primeiro jamra, ou pilar, uma cratera de 37 quilômetros de diâmetro surge em meio ao deserto, 500 quilômetros a leste dali.

Nos 20 centésimos de segundo que a pedra leva para deixar a mão de Yussef , a multidão do lado de fora do grande galpão é atingida por uma luz mais quente e intensa que a de 60 sóis.

As túnicas sem costura, tradicionais do hajj, incendeiam-se no corpo dos peregrinos.

Exemplares abertos do Alcorão irrompem em chamas nas mãos dos fiéis. Pessoas que estavam na entrada do estádio, ainda não de todo protegidas pela sombra das paredes e arquibancadas de concreto, caem pelo chão como moscas abatidas, labaredas nas roupas; a pele, fumegando, descola-se do corpo.

Yussef e os demais peregrinos que estão junto aos pilares, bem abrigados na sombra, quase no centro do estádio, prosseguem com o ritual. Por enquanto, pouco ou nada percebem: todos estão a sós com Deus, em meio à multidão. O cheio de cabelo queimado é apenas mais um dado, mais um detalhe, em meio a tantos outros.

Dois minutos depois, chega o terremoto. A Ponte Jamaraat treme, e não é só com os passos dos peregrinos. Após curvar-se como se fosse feita de borracha ou tecido, depois de arremessar ao solo centenas de peregrinos que, tomados de surpresa, transformam o brado tradicional "Deus é grande!" em gritos desarticulados de terror, a espiral perfeita se parte, não como concreto, mas porcelana.

Cinco minutos mais tarde, cacos de vidro escuro, resultado da

Fase I

1. Gravidade zero

Homens, pensa Rebeca, enquanto amarra com um elástico os cabelos que, soltos em meio à ausência de gravidade, fluem ao redor de sua cabeça, como uma mancha escura de tinta expandindo-se na água. *Todos iguais: depois que conseguem o que querem, viram para o lado e dormem.*

Não seja injusta, diz uma voz dentro da mente de Rebeca – a voz da consciência? – não se esqueça de que de ele só está dormindo assim porque foi drogado.

Como posso me esquecer? responde Rebeca a si mesma. *Fui eu que o droguei.*

Os dois corpos nus flutuam junto à parede cilíndrica do eixo de manutenção do Santuário. O do homem, inerte, apenas gira lentamente. Já a mulher move-se com velocidade e precisão.

Primeiro, passa o tornozelo esquerdo por uma das alças que pendem da parede, normalmente usadas pelos técnicos que trabalham no eixo para firmarem-se a si mesmos e às ferramentas que carregam.

Segura do ponto de apoio – e agora, olhando de ponta cabeça para o torso do homem – , Rebeca usa as mãos livres para imobilizar seu parceiro adormecido, amarrando-o com outras alças e com os cintos de segurança retráteis, dotados de fivelas magnéticas, que também fazem parte do aparato de segurança da manutenção. Durante o processo, o pênis, flácido, flutuando sem rumo, roça-lhe o nariz.

Rebeca se permite um olhar que junta ternura e comiseração.

Tendo garantido que o parceiro adormecido não vai sair flutuando por aí, a mulher executa uma pequena pirueta, um movimento único com o qual libera o tornozelo da alça, gira o corpo para poder encarar o homem no olhos – ou poderia, se ele estivesse com os olhos abertos – e passa a mesma alça da qual o tornozelo saiu pelo cotovelo direito.

Usando a ponta dos dedos, com os olhos fechados para pôr toda a concentração no tato, Rebeca apalpa, com cuidado, a área imediatamente ao redor da sobrancelha direita do homem.

Quando sente o que lhe parece ser a emenda da prótese cosmética com a pele natural, crava ali as unhas do anular e do indicador, fazendo saltar um pequeno retângulo de epiderme sintética, coberta por pelos artificiais da cor exata dos cabelos do homem.

A prótese, de pouco mais de meio centímetro, rodopia loucamente na ausência de gravidade, até que Rebeca a recolhe na palma da mão esquerda.

Sem a cobertura cosmética, a interface física do mediador do homem brilha com uma luz LED verde, sinal de que está pronta para conexão. Rebeca sente um leve arrepio: a impressão é a de que o homem tem um terceiro olho, um olho de gato, aberto e atento, mesmo estando inconsciente dos demais sentidos.

Suspirando em sinal de desaprovação ao momento de fraqueza, Rebeca retira a cobertura do próprio mediador. Como a maioria das mulheres, ela prefere, por razões estéticas, manter a interface fora do rosto: a dela fica atrás da orelha. Não do lóbulo (onde um amante poderia detectar alguma coisa), mas mais para o alto.

A ativação do protocolo de conexão, a busca de arquivos e o download ocorrem sem que a mulher precise tomar qualquer atitude consciente a respeito.

Programas invasores travam batalhas contra firewalls, vastas planícies de código são dizimadas, presentes de grego e falsos vírus distraem as defesas enquanto sistemas subterrâneos de busca caçam informação.

Tudo previsto, mas quase nada pré-programado: formas de vida digitais erguem-se, devoram-se, entrelaçam-se caoticamente em complexas ecologias de predador-e-presa que florescem, luxuriantes, desabam, milhares a cada nanossegundo, mundos inteiros sonhados, criados, mortos em menos tempo que um piscar de olhos.

Muralhas digitais desmoronam, e são reerguidas. Um sol de bits não permite que o dia termine sobre a cidade sitiada, até a consumação da batalha..

Só o que Rebeca nota é um leve formigamento na ponta da língua, dois segundos após o início da conexão. Sinal de que os arquivos-alvo foram copiados com sucesso.

Usando os ombros do homem inconsciente como plataforma, Rebeca salta em direção ao lado oposto do eixo de manutenção, onde o casal havia deixado as roupas, presas à parede por cintas magnéticas. Ela veste o hábito rapidamente, mas sem se esquecer de soltar os cabelos e pôr a coroa-mestra antes de voltar a prendê-los e de cobrir a cabeça com o véu.

As pontas da coroa (na verdade, um tipo de tela que se mistura aos cabelos e se fixa no couro cabeludo) machucam um pouco, e a mulher pensa na irmã gêmea, Rafaela, que ganha a vida estudando e projetando essas coisas: por que não inventam uma coroa que não belisque?

Claro, pensa ela, é, como quase todo o resto, parte do Preço. No caso, coroa de espinhos. Como o Pontificado poderia resistir a uma metáfora tão óbvia?

Já devidamente paramentada no hábito de sua Ordem, Rebeca se dá conta de que cada um de seus passos, deste momento em diante, será perigoso, inevitável e levará a um fim único, o martírio. Ela se permite um instante de dúvida e medo, que encerra mordendo o lábio superior. Depois, sorri, e permite que um palavrão deixe sua boca, num sussurro quente e doce como uma jura de amor. Praguejar, pensa, é um privilégio de freiras condenadas.

Um novo impulso, desta vez de encontro à parede metálica do eixo, arremessa-a para o alto e na diagonal, rumo a uma escotilha de acesso.

O homem, um dos técnicos responsáveis pela correção do software que corrige o software que corrige o software que corrige o programa de configuração da Cátedra do Pontífice, vai acordar em breve. *O que acontecerá com ele?*, pergunta-se a mulher.

Rebeca sabe que não é a primeira irmã que o homem, um tipo (artificialmente) bronzeado, loiro, de dentes meio amarelados mas que, pelo contraste com a pele queimada, parecem muito brancos, mãos fortes e ombros largos, leva para um "passeio" no eixo. "Petrosian", dizia seu crachá. As meninas de hábito o chamavam de "Bobby".

O que ele fazia era, no máximo, pecado venial, já que os votos de castidade sumiram no século passado, junto com o Vaticano e boa parte da pomposidade do culto romano. Mas quebrar o coração das mocinhas era, ao fim e ao cabo, um negócio sujo. E Rebeca se viu desejando para ele todo tipo de castigo embaraçoso.

Mais um privilégio do martírio, pensa ela. *Desejar a desgraça alheia e divertir-se com isso.*

A escotilha escolhida pela freira dá para a parte de trás do grande holograma que ocupa o saguão de acesso de visitantes ao Santuário.

Rebeca conhece o holograma de cor: ele mostra Augusto de Magalhães, ainda então um jovem empresário radicado na Finlândia, filho de pais portugueses, abrindo a caixa forte do banco de Helsinque onde vinha mantendo provas cabais, incontestáveis, esmagadoras, de que Deus lhe revelara, com semanas de antecedência, a chegada do cometa Iblis e a destruição que se seguiria.

O holograma reproduz – com alguns embelezamentos, em escala monumental e tradução simultânea em vinte e duas línguas – a apresentação das provas e, mais importante, o discurso de Augusto sobre a revelação divina, com os preceitos centrais da nova teologia da Quinta Revelação (depois das de Abraão, Moisés, Jesus e Maomé) e do Preço.

"Por que não nos avisou antes?", pergunta um repórter – no holograma, ninguém o vê. Apenas a voz, marcada por uma nota abafada de horror, é ouvida. "Se sabia, por que deixou tanta gente morrer?"

"Porque Deus me explicou que a humanidade precisava pagar o Preço".

A despeito de si mesma, Receba sente um nó na garganta ao ouvir, talvez pela milésima vez, que "Deus ama a todos e a cada um de nós, sem jamais pedir nada em troca. O Preço é algo que exigimos nós mesmos, para que possamos nos elevar em caridade, em bondade, em humildade, e nos sentir dignos de tanto Amor. Nossos corações clamam aos céus por ele. O Preço não é um castigo. É uma dádiva".

O holograma termina com uma recapitulação das principais tragédias evitadas desde então, por conta dos alertas de Deus, que decidira falar com a humanidade por meio de Augusto (algo que, ele explica nas palavras finais do discurso de Helsinque, "poderia ter sido o fardo e o privilégio de qualquer um mas, por Sua vontade inescrutável, são meus").

Esta era a Boa Nova: na Era da Quinta Revelação, morte e destruição não seriam mais as únicas formas de pagar o Preço.

– Posso ajudá-la em alguma coisa, irmã? A senhora tem certeza de que quer ir por aí?

Rebeca vinha se deslocando, em silêncio, pela parte de trás do holograma, deslizando, na microgravidade, rumo à escotilha que liga o saguão à área de desembarque das cápsulas orbitais. O guarda tinha razão em estranhar a direção do movimento: aquela era a porta de *entrada* do Santuário. A *saída* ficava no extremo oposto do eixo principal.

A freira esperava que uma fuga pela entrada, sendo inusitada, passasse despercebida até que fosse tarde demais, até a hora de o martírio ser consumado. O guarda nem deveria estar ali.

Rebeca sorri:

– Gosto de ouvir o Pontífice – diz ela, apontando para o holograma, que já recomeçava o discurso, em "loop". – Sempre fico emocionada com o início de tudo.

– Eu também – responde o guarda, sorrindo. – Venho aqui sempre que tenho oportunidade.

Com os olhos marejados e um gosto amargo no fundo da boca, Rebeca faz o que acredita ser seu dever: ergue a mão e, como se estivesse apenas ajustando o véu, ativa a coroa-mestra.

Quando volta a si, cinco segundos mais tarde, Rebeca se vê frente a frente com os olhos do guarda – secos, arregalados. A boca, escancarada. Não há sinal de hálito ou respiração, e a cabeça realiza uma oscilação estranha, mas harmoniosa, matematicamente precisa, à direita, à esquerda, um pouco acima, para frente e para trás.

Com o pescoço quebrado e sem gravidade, apenas pele e cartilagem impedem-na de flutuar para longe do corpo.

Engolindo em seco para manter no estômago o que quer que estivesse tentando sair, fechando os olhos com força, até a testa doer, Rebeca joga os braços e pernas para trás, atingindo a parede do saguão os cotovelos e calcanhares. A reação joga-as para o alto e para cima; inadvertidamente, um dos joelhos da mulher atinge de raspão a cabeça flutuante do guarda, que absorve o choque dobrando-se num ângulo de noventa graus com os ombros, girando um pouco no processo.

Rebeca não vê isso. Está com os olhos fechados. Só volta a abri-los quando já está no túnel curto que liga o eixo principal à cápsula classe Sírius, o "táxi espacial" que espera, fixado à entrada do Santuário.

É só quando já está no interior da pequena nave, com a alavanca de desconexão explosiva nas mãos, que o contato da coroa-mestra com o couro cabeludo torna-se, de repente, insuportável. Num gesto de asco, Rebeca arranca a trama metálica de si – a retirada brusca traz um pouco de cabelo e pele junto, e a cabeça da freira começa a sangrar em vários pequenos pontos, um sangue que não escorre, mas flutua numa névoa de gotículas conforme a mulher e move.

A coroa havia feito de Rebeca uma assassina: estimulando partes do tronco cerebral, criando, temporariamente, reflexos que não estavam lá antes. Transformando uma freira idealista numa mestra de artes marciais, capaz de matar, com as mãos nuas, um guarda treinado – desde que conseguisse pegar o homem de surpresa.

Rebeca havia lido, em um dos artigos científicos escritos por Rafaela (as duas não se falavam muito, mas o sucesso acadêmico da irmã cientista enchia a freira de um certo orgulho secreto), que talvez fosse teoricamente possível, do ponto de vista tecnológico, criar coroas que estimulassem as funções superiores da mente, mas que um aparelho desses certamente não funcionaria na prática: afinal, essas funções estão intimamente ligadas à alma, ao espírito. Eram província da metafísica.

Mas a mera estimulação dos reflexos já era inestimável: em situações de emergência, no exercício de profissões perigosas, nos esportes em que o "doping eletromagnético" não era proibido.

E no crime, também.

É com a palavra "crime" ecoando em sua mente que Rebeca puxa a alavanca que faz explodir as travas que ligam a Sírius ao Santuário, jogando a cápsula – e a si mesma – rumo à morte, nas chamas da reentrada.

2. Atos terroristas

COM A CÁPSULA, que agora é todo o seu universo, girando loucamente ao redor, o azul espectral da alta atmosfera entrando e saindo do ângulo de visão da escotilha cada vez mais depressa – e preenchendo um espaço cada vez maior a cada ciclo – Rebeca lança-se em direção ao painel de controle da Sírius e, com mãos trêmulas, amarra-se com os cintos de segurança.

O canal de rádio de emergência abre-se automaticamente, e uma voz que soa estranhamente calma em meio ao caos, repete frases que, Rebeca supõe, devem estar escritas em algum teleprompter de protocolo, ou programadas numa coroa-mestra (será que repetir frases idiotas conta como "função superior da mente"?, a freira se pergunta):

– Atenção, V.A.O. Sírius 4, detectamos desconexão explosiva. Alguém a bordo? Câmbio. Atenção, V.A.O. Sírius 4, sua situação é de potencial colapso de reentrada. Alguém a bordo? Câmbio. Atenção V.A.O....

Rebeca tem vontade de fechar o canal, mas é melhor não dar ao controle de voo certeza de que a nave está ocupada. Isto é, não antes do momento inevitável.

Que, pensa ela, com olhos que focalizam, alternadamente, o cronômetro e o sensor de orientação na nave, chegará dentro de quatro... três... dois...

Com o punho cerrado, num movimento só, a fugitiva esmaga uma redoma de plástico sobre o console principal da nave e preme o botão vermelho que está por baixo.

A aceleração súbita, produzida pela queima total dos foguetes de empuxo da nave, faz com que as costas da mulher se colem à cadeira de comando.

A morte na reentrada, que poderia levar dias no caso de a cápsula simplesmente ficar à deriva, reduz-se a uma questão de minutos.

– V.A.O. Sírius 4, sua situação é crítica. Repito, crítica. V.A.O. Sírius 4... – de repente, a voz masculina, neutra, é substituída por uma voz exaltada, de mulher: – Rebeca, nós achamos o corpo do guarda. Rebeca, o que você está fazendo? Isso é terrorismo... Rebeca, fale comigo!

Mônica, pensa Rebeca. *É a voz de madre Mônica!*

O primeiro impulso de Rebeca é obedecer. Não ativar o microfone para responder é algo que requer um esforço consciente. Madre Mônica. A mulher ao lado do Pontífice. A Matriarca do Santuário. Até dois segundos atrás, Rebeca não tinha motivos sequer para crer que Mônica soubesse de sua existência, e agora a mulher mais importante da Quinta Revelação lhe fala... Em um tom urgente, mas amistoso, quase íntimo. Como se as duas se conhecessem há anos. Como se tivessem sido colegas de quanto no noviciato.

Respirando fundo, Rebeca desliga o receptor. O silêncio preenche o interior da cápsula.

Será que vão usar o laser, ou estão contando com a atmosfera para fazer o trabalho?, pergunta-se a freira, enquanto retira a cobertura cosmética de seu mediador. A operação é dificultada pela trepidação da cápsula, que ainda se ajusta à súbita aceleração.

Enquanto seus dedos lutam para conquistar a firmeza necessária para encontrar o ponto de encaixe – algo que, em outras circunstâncias, seria um gesto quase inconsciente – Rebeca amaldiçoa o sistema universal de segurança, que exige que a transmissão de dados ponto-a-ponto seja feira com a interface exposta, enquanto que o conteúdo corporativo, como música, notícias, sermões, telefonemas e entretenimento, pode ser transferido automaticamente, sem interferência física.

Consentimento presumido uma ova, queixa-se, sentindo uma irritação tão aguda quanto irracional, no momento em que a cobertura finalmente se solta e "cai" para trás, na direção de onde vem o empuxo que empurra a cápsula para seu funeral viking.

Uma luz verde-amarelada no console da Sírius muda de tom, tornando-se verde-azulada, sinal de que os dados estão carregados no computador da nave.

Mais alguns comandos, digitados por dedos nervosos, e uma luz alaranjada mostra que os novos dados foram codificados no sinal do transponder de emergência da Sírius. Um indicador de potência mostra que a bateria independente do sinal de socorro está carregada.

Espero que tenham me ensinado a fazer isso direito, pensa a mulher, enquanto desliga a ativação automática do transponder e conecta o transmissor a um *timer*.

Rebeca termina de ajustar o cronômetro do temporizador quando o feixe invisível do laser de micro-ondas do santuário começa a cortar a cápsula.

Vai ser gelo, então, e não fogo, pensa a freira, com certo desapontamento, ao ouvir o assovio agudo do ar que começa a escapar pela brecha no casco. Olhando para o cronômetro, ela se pergunta se os cálculos estão corretos. Um segundo a mais, e tudo estará perdido. Um segundo a menos, e...

Numa explosão de metal e gelo, Rebeca é expelida para o espaço. Dez horas mais tarde, seu corpo sem vida, parcialmente congelado pelo vácuo, parcialmente calcinado pela radiação direta do Sol, desmancha-se ao reentrar na atmosfera.

O homem moreno, de olhos levemente amendoados e cabelos negros, lisos – pela aparência pode ser um indiano, um chinês ou japonês, talvez até um ameríndio – contempla sua taça de vinho com uma expressão divertida no rosto.

Ele é velho o bastante para se lembrar da época em que o consumo de álcool em locais públicos de Teerã, como o café onde se encontra, numa mesinha de calçada perto do Hotel Naderi, seria suficiente para atrair uma multidão indignada, talvez até mesmo alguns rufiões da Guarda Revolucionária, sempre prontos a promover o linchamento de infiéis. E, sem dúvida, a polícia.

Os tempos mudaram, no entanto. Já faz vinte anos que o Conselho Supremo da Revolução Islâmica decidiu que o homem chamado pelos ocidentais de "Pontífice" é, na verdade, o Mádi – o messias aguardado pelos xiitas, o homem enviado por Deus para restaurar a pureza da submissão à vontade divina. Isso tinha sido pouco depois de um alerta emitido por Augusto, prevendo um terremoto gigantesco no sudeste do país, ter evitado um número de mortes estimado em centenas de milhares.

E o Mádi havia dito que beber vinho não era, afinal, um pecado tão pecaminoso assim.

O homem olha para o relógio, e depois para o céu. Seu sorriso de alarga: há nuvens sobre Teerã, conforme tinha sido previsto. Muito bom.

Oito segundos depois, o espetáculo começa.

Primeiro, um pulso intenso de luz, mais forte que a lua minguante, é refletido das nuvens, atraindo imediatamente a atenção de todos que estão nas ruas – e esta é uma noite quente, numa cidade boêmia – para o alto.

O holograma que aparece em seguida, projetado nas nuvens que o pulso original tornou fosforescentes, é uma caricatura de Augusto e Mônica. Os dois estão na cama, aparentemente nus sob os lençóis. O Pontífice sorri um sorriso amarelo e a madre diz, irritada: "Como é que você não previu isso?".

A língua em que a legenda está escrita alterna de fársi para árabe a cada poucos segundos.

Depois de um minuto, começam as explosões que marcam a autodestruição dos canhões de laser responsáveis pela projeção. Quatro deles estão montados em automóveis estacionados em áreas desertas, e dois, sobre máquinas automáticas de rua que vendem textos sagrados impressos na hora.

Ninguém fica ferido.

O homem moreno retira do bolso direito do paletó um pequeno icosaedro verde, com as faces triangulares numeradas de um a vinte, e solta-o, com displicência, sobre a mesa do café. Em seguida, recolhe o poliedro e o coloca no bolso esquerdo.

Depois de esperar um número de minutos igual ao que apareceu no dado de vinte faces – seis – pede a conta e vai embora.

Um carro o espera a três quarteirões dali, à direita (o número de blocos e a direção também tinham sido definidos ao acaso, dias antes: um num lance de dados, o outro, num sorteio de cartas). O homem moreno embarca sem dirigir palavra ao motorista, um homem calvo e de olhos azuis penetrantes que, também em silêncio, ativa o motor elétrico e parte.

– Não foi uma piada de mau gosto? – pergunta o motorista, quando o carro já está quase fora da cidade. – Não vejo em que chamar o homem mais sagrado do mundo de broxa vai nos ajudar.

O homem moreno ri antes de responder:

– Piadas de mau gosto são as mais populares – responde. – E o importante é que as pessoas passem a pensar nele como um homem. Um homem, ponto. Sem esse negócio de "sagrado". Sexo é o melhor jeito de conseguir isso.

Conforme o carro se aproxima de uma bifurcação na estrada, o homem moreno retira outro dado do bolso esquerdo – este é um dado comum, de seis faces, de cor azul – e o lança sobre o banco do passageiro. O resultado é um número par.

– Vá pela direita – ordena, ao mesmo tempo em que transfere o cubo para o bolso direito. Todos os dados daquele bolso serão incinerados em breve.

– Você não se cansa de decidir tudo assim, ao acaso, no último minuto possível? – pergunta o motorista.

O moreno dá de ombros:

– É o único jeito: quando o inimigo pode prever o futuro, temos de ser imprevisíveis.

– Por falar nisso – diz o motorista –, ela conseguiu.

– Tudo?

– Tudo. O transponder fez a transmissão uma fração de segundo antes do blecaute de rádio da reentrada. Ma Go duvida que mais alguém tenha notado, com todo o ruído que se seguiu.

– E o transponder, foi resgatado?

– Eles usaram o laser – a voz do motorista se mantém neutra, mas seus olhos, que o homem moreno não consegue ver, adquirem uma expressão baça. – A Sírius reentrou aos pedaços. Não sobrou nada para resgatar.

O homem moreno permanece em silêncio. O motorista acrescenta:

– Ficamos sabendo, via canais informais, que um guarda foi morto na fuga.

O moreno emite um ruído que pode ser qualquer coisa – um grunhido, um lamento, um bocejo.

A indignação finalmente chega à voz do motorista:

– Viramos assassinos, agora? É isso?

– Fazemos, meu amigo, fazemos o que é necessário.

3. Cegueira

O DIA ESTÁ LINDO quando Rafaela sai do Tribunal Eclesiástico e atravessa a sombra da Catedral da Sé. Passa de seis da tarde, mas é horário de verão: enquanto o Sol desce e penumbras alongam-se, o céu, surpreendentemente limpo, preserva, ainda, o mais puro azul.

O dia está lindo. Muito quente, também. Suor acumula-se sobre os braços da cientista, aprisionado entre a pele muito clara e as mangas de lã do terno. Logo haverá manchas. Rafaela antecipa, com um princípio de repugnância, a sensação de suor gelado escorrendo pela curva dos quadris.

Ar quente embaça os óculos.

O ar condicionado estivera forte no tribunal, e a roupa não a incomodara durante a audiência. Agora, a mulher sente necessidade urgente de um táxi. Com refrigeração, de preferência.

Rafaela não ousaria tirar o paletó enquanto ainda estivesse sob a mira das câmeras de segurança da Sé. Poderia parecer desrespeito, e isso não seria bom. Não com o caso da cirurgia ainda pendente na corte religiosa.

O caso, e aquela outra coisa.

Ao receber a convocação para comparecer à corte, dias atrás, ela nutrira esperanças de que sua demanda tivesse sido revista. Pedia autorização para uma cirurgia a fim de corrigir a miopia progressiva que já a tornava virtualmente cega, sem óculos, para distâncias acima de cinco centímetros, e que a tornaria efetivamente cega, para qualquer distância, dentro de poucos anos.

O tribunal paroquial tinha recusado a permissão: o júri de diaconisas concluíra que a miopia, e a cegueira futura, faziam parte do Preço pessoal de Rafaela, que Deus criara seus olhos assim para seu próprio bem. Que a perda progressiva da luz seria importante para seu desenvolvimento pessoal e espiritual. Havia uma lição de vida fundamental ali, uma oportunidade de tornar-se uma pessoa melhor e crescer em amor e caridade. Se Rafaela tivesse humildade e mantivesse o coração aberto para a Graça do Senhor, logo perceberia isso.

Coração aberto ou fechado, ela havia apelado da decisão.

Nada mais natural de se imaginar, portanto, que a convocação para comparecer ao tribunal da Sé fosse um bom sinal, sinal de que a apelação seria acatada.

E, realmente, a reunião havia sido, em parte, sobre a miopia da cientista. Mas só em parte. E uma parte muito pequena.

O assunto real era outra coisa. Aquela outra coisa.

Rebeca.

Morta.

Excomungada.

A versão oficial, tinham-lhe explicado, falaria de martírio em defesa da Quinta Revelação. Uma mentira piedosa, para que algum bem viesse dessa traição vergonhosa – para que, em vez de ser lembrada em meio a vexame, escândalo e tristeza, Rebeca deixasse um legado público de exemplo, caridade e sacrifício.

Nesse momento da explicação, o secretário e a juíza que haviam recebido Rafaela fizeram uma pausa. A cientista precisou de meio minuto para perceber que esperavam um agradecimento, comedido porém sincero, pelo ato de caridade da Igreja para com a memória da irmã.

Rafaela agradeceu. Todos sorriram. O interrogatório prosseguiu.

Com que frequência Rebeca e Rafaela se falavam? Com quem a freira se comunicava quando estava na Terra, durante suas folgas do Santuário? Rebeca falava sobre seu trabalho com Rafaela? Ou vice-versa?

Se serviram a algum propósito, as perguntas fizeram Rafaela perceber como conhecia pouco a irmã. A comida favorita de Rebeca, pelo que Rafaela sabia, era massa de brigadeiro – e a lembrança que tinha para corroborar isso era um rosto lambuzado de criança, quinze anos atrás.

Na calçada, com suor já escorrendo pelas pernas, Rafaela desiste de tentar parar um táxi que venha passando pela rua e, com um pensamento, acessa o mediador, para chamar um carro pelo serviço online.

De repente, vê dois rinocerontes brancos, de smoking, beijando-se apaixonadamente na boca.

Ah, droga, agora não, pensa.

Alucinações surrealistas induzidas por meio de vírus de mediador são uma forma de arte clandestina, classificada oficialmente como terrorismo, mas trata-se de uma forma da arte com a qual Rafaela geralmente até simpatiza – se não por outros motivos, por questão de afinidade profissional – só que, neste momento, ela não se sente no clima para pornografia homossexual entre paquidermes.

O antivírus automático do mediador limpa o campo visual antes que a animação atinja o clímax, e ainda não há táxi em vista.

Rafaela olha ao redor e percebe que já deixou o perímetro de segurança da Sé. Com um suspiro, retira o paletó, que passa a carregar no braço esquerdo, e segue caminhando. O acesso público o metrô não fica muito longe, e ela logo chega à entrada do túnel, com as três opções de descida: elevador panorâmico, que permite contemplar todo o esplendor do complexo de compras subterrâneo, com o show permanente da fonte luminosa, e que deixa o passageiro na praça de lojas principal; a escada rolante, que conduz diretamente à cafeteria; e a escada de alvenaria ("andante", ou "analógica", no falar comum), que só se comunica com as áreas comerciais por meio de portas de emergência e termina nas catracas de embarque.

Rafaela opta pela escadaria analógica: sua disposição para ser bombardeada por propaganda interativa é ainda menor que a para assistir a cartuns pornográficos.

Descer as escadas causa uma leve tontura na cientista, uma insinuação de náusea. *Será fome?*, pergunta-se ela. *Quanto tempo faz que tomei meu café?*

Mesmo no subterrâneo, a mulher ainda tem a impressão de que consegue sentir o calor do Sol na nuca, nos braços, no dorso das mãos. O vento que corre pelo túnel do metrô, prenunciando a chegada do trem, não faz nada para reduzir o desconforto provocado pelo suor.

O metrô chega, e as portas se abrem com um suspiro abafado. Rafaela dá um passo adiante, e se vê cara a cara com uma parede de concreto, pintada de branco. De repente, essa parede não é mais uma parede, mas uma cortina pesada, como a dos teatros antigos.

A cortina se abre um pouco, apenas o suficiente para dar espaço a quatro dedos longos, pálidos, com unhas que mais parecem garras.

Uma voz às suas costas diz algo que a mulher não entende, e o mundo se apaga.

Rafaela acorda num aposento retangular de dois metros por quatro, e pé direito de pelo menos dez – o teto é invisível: a extremidade superior do quarto desaparece nas alturas, numa penumbra suave mas, nem por isso, menos impenetrável ao olhar.

Há uma janela, ou fresta (mesmo encostando-se na parede oposta e erguendo ao máximo a cabeça, Rafaela não consegue ter uma ideia precisa do formato da abertura) a talvez dois terços da distância entre o piso (frio, metálico) e o teto. Está fora de alcance, e é por onde se filtra uma luz leitosa, um feixe em que dançam partículas de poeira.

Dividindo o chão com Rafaela há um colchonete, com travesseiro e cobertor, uma pia e um vaso sanitário.

As únicas cores são cinza, branco e preto.

Muito obviamente, uma cela.

Uma das paredes de dois metros contém uma porta – sem trinco, fechadura ou janela – sobre a qual está colado um cartaz impresso com letras de forma. Rafaela reconhece-o como os que eram usados antigamente por oftalmologistas, para testar a visão dos pacientes.

Sem mais nada para fazer e sem vontade de gritar – Rafaela tem uma vaga consciência de que deveria, por respeito a algum tipo de clichê ou protocolo, começar a berrar e a esmurrar as paredes – a mulher resolve, sentada no colchonete, matar o tempo tentando adivinhar as letras do teste.

Com uma facilidade que a surpreende, Rafaela lê o cartaz inteiro, perfeitamente, do início ao fim. *Sabia que meus óculos eram bons*, diz a si mesma, *mas não tanto*. E então, com um terror que começa a se transformar em alegria, que faz crescer um espanto enorme em seu peito, enchendo-a com uma vontade de, agora sim, gritar e esmurrar as paredes, Rafaela se dá conta de que, desde que acordou nesta cela misteriosa, está sem óculos.

4. Alma comprada

A PORTA DA CELA se abre exatamente duas horas e vinte segundos mais tarde. Rafaela sabe disso porque, a despeito de as funções de telefonia e posicionamento global de seu mediador terem sido neutralizadas pelos sequestradores, o relógio interno do dispositivo continua a operar.

Especialista em manipulação eletromagnética do sistema nervoso central, Rafaela havia estudado, com uma espécie de interesse arqueológico, algumas das técnicas mais rudimentares de controle do comportamento humano. Ela sabe, por exemplo, que destruir a noção de tempo da vítima é uma etapa clássica do velho processo psicológico de lavagem cerebral.

Ao deixar o relógio do mediador funcionando, portanto, seus captores estão dizendo alguma coisa, ainda que inadvertidamente. Ou não? Talvez tudo não passe de um ardil para instilar uma falsa sensação de segurança.

Será que eles sabem que eu sei que eles saberiam... – nesse ponto, Rafaela sacode violentamente a cabeça – *Pare com isso, Fá!*, diz a mulher a si mesma, usando o velho apelido de infância. *Paranoia, não. Não agora.*

Ao que uma outra voz, vindo do interior de sua mente, responde: *Então, quando?*

É nesse ponto que o diálogo interno da cientista é interrompido pela abertura da porta.

– Sua visão foi restaurada a contento? – pergunta o homem moreno, que o giro silencioso da porta sobre as dobradiças revela, parado, sozinho, na soleira. – Posso entrar?

A visão perfeita de Rafaela, tão recente e já entediada pelo ambiente monótono da cela, devora a imagem do visitante: um homem de pele escura e feições vagamente orientais, talvez até andinas, mas diluídas por algum tipo de mistura europeia, vestindo (com algum desconforto, pelo que a postura indica) um conjunto xadrez, preto e amarelo, de terno, camisa, gravata, meias e sapatos.

Rafaela não tem como saber disso, mas o figurino do visitante foi selecionado a partir da retirada de cinco cartas de um baralho. O homem moreno tem motivos para se sentir desconfortável nessas roupas: trata-se de uma combinação de peças e cores com probabilidade de 649.739 contra 1 de acontecer. O efeito de um *royal straight flush* sobre o guarda-roupa.

– Sim – responde a mulher.

O homem sorri e, interpretando a resposta como referente a ambas as perguntas, dá um passo adiante.

A porta se fecha às suas costas.

– Se vocês tivessem me operado – diz Rafaela, recuando dois passos para dar espaço ao homem, sentindo-se subitamente vulnerável, trancada com um desconhecido num quarto estranho – eu ainda estaria com tampões sobre os olhos. Isto é, se meu relógio...

– Manipulamos seu mediador para trazê-la aqui – afirma o homem de terno xadrez – mas não tocamos no relógio ou no calendário. Você tem minha palavra.

E o que isso vale?, pergunta Rafaela, mas apenas em pensamento, sem articular as palavras. Em vez disso, a questão que formula é:

– O que você quer dizer com "manipulamos seu mediador"? – no fundo da mente, Rafaela reza para ter colocado firmeza suficiente na voz. Mediadores são parte de sua área de trabalho: ela é uma especialista em coroas-mestras e estimulação magnética do sistema nervoso central. Para se sentir mais segura, ainda que seja uma segurança falsa, a mulher decide assumir o papel de Autoridade no Assunto.

O estranho aperta os lábios e olha de lado, acanhado. Dá de ombros:

– Fizemos você pensar que descia as escadas do metrô enquanto, na verdade, continuava a andar em linha reta, pensar que virava à direita quando, na verdade, virava à esquerda. Coisas assim. Fizemos com que entrasse num beco, num elevador, e a trouxemos aqui.

Rafaela está chocada. O feito técnico que esse estranho descreve é mais absurdo que uma tartaruga com asas.

– Impossível – diz.

– Por quê? – pergunta o homem.

– Porque ou vocês, você, criaram uma ilusão perfeita, o que é impossível, ou eu vim até aqui de livre e espontânea vontade, o que também é.

O estranho põe as mãos nos bolsos, apoia o ombro numa das paredes da cela e sorri de leve para a prisioneira, antes de dizer:

– Existem travas de segurança no mediador, claro, para impedir manipulações desse tipo, mas as suas já tinham sido desativadas no tribunal. A Quinta Revelação tem chaves para todos os mediadores homologados oficialmente. Só que fizemos nosso implante de consciência antes do pessoal do Santuário fazer o deles. Lembra os rinocerontes? Foram nosso teste, para ver se as barreiras já tinham descido.

– Existe uma diferença enorme entre gerar ilusões artificiais, como faz um vírus ou um filme baixado no mediador, ou alucinações, como as produzidas por drogas, e manipular diretamente, *propositalmente e convincentemente* o fluxo entre os sentidos e a consciência – afirma Rafaela.

– Mesmo? E qual seria? – o homem moreno tira a mão direita do bolso e morde o canto do polegar. – Quando você baixa um filme da rede, por exemplo...

– Quem vê um filme *sabe* que está vendo um filme. Mesmo quem alucina com drogas tem a intuição, imediata ou tardia, de que se trata de uma alucinação.

– Você quer dizer que fazer alguém ver elefantes cor-de-rosa é diferente de fazer alguém dobrar a esquina errada? Por quê?

– Porque uma dessas coisas, o elefante, é evidentemente falso, e a outra, a esquina errada, subverte a realidade. A realidade não pode ser subvertida.

– Ah, não?

Rafaela respira fundo e solta o ar, quase bufando. Ela gostaria de sair desta discussão, deste lugar, desta situação, ma não vê como. Só o que lhe esta é continuar no papel de Autoridade:

– O fluxo entre o mundo e os sentidos, entre os sentidos e a consciência, é um vínculo estabelecido por Deus. É a Mente de

Deus que sustenta a realidade, e é Ele que alimenta nossas mentes. Esse é um elo sagrado, que...

– É o que diz a doutrina da Quinta Revelação. O que não quer dizer que seja verdade.

– Eu trabalho com isso! – Rafaela balança a cabeça, impaciente. – O fluxo que vem do Senhor pode ser distorcido, interrompido, prejudicado, até mesmo *negado*, quando há pecado, mas nunca melhorado ou, o que é ainda pior, substituído por algo com o mesmo grau de coerência. O cérebro pode ser enganado, mas a alma está em contato com o Divino, e nunca é enganada, apenas fraqueja, *deixa-se* enganar. É o que acontece com os fracos, os pecadores, os... – de repente, Rafaela silencia.

– Vamos lá, diga – há simpatia na voz do homem moreno. Ele gesticula, como se pedisse para Rafaela se aproximar. – Pode dizer.

– Hereges e terroristas – completa a mulher, um quê de desafio no olhar.

O homem assente com a cabeça. Rafaela prossegue:

– Afirmar o contrário, que a própria alma pode ser enganada, que é o que você está descrevendo, é... É como dizer que o homem ou o demônio seriam capazes de criar uma verdade idêntica, ou melhor, que a Verdade de Deus. É... – a mulher reluta, mas acaba usando a palavra, que sai num murmúrio: – Blasfêmia.

O estranho parece estar se divertindo com a discussão. Seu sorriso se amplia e revela dentes muito brancos:

– E por quê?

– Ilusões, alucinações, entretenimento afetam apenas o cérebro. O córtex visual, o auditivo, o olfativo. Já para acessar o fluxo de consciência de modo coerente e convincente, sem abalar o senso de realidade, seria preciso tocar a alma. Só Deus pode fazer isso.

– A única diferença – responde o desconhecido – é a velocidade de transmissão de dados. Vírus e entretenimento parecem estar fora do fluxo da consciência real por causa da limitação de banda, o que torna a resolução global muito baixa. Mas com dados suficientes, e um canal largo o bastante...

– Impossível – diz ela. Agora, Rafaela fala devagar. Seus olhos se estreitam: ela está repassando tudo o que aconteceu até agora, tentando se lembrar de cada detalhe, como se assistisse a cada quadro, em separado, de uma animação. – A diferença não é apenas de banda, é de origem: entre a realidade que vem do mundo real, tal como sustentado pela Mente de Deus, e a ilusão criada pelo homem. Aliás – a despeito de si mesma, Rafaela sorri: – Acabo de detectar uma falha na ilusão que você diz ter usado para me trazer aqui. Enquanto eu pensava que descia as escadas do metrô... Minhas pernas ainda estavam andando em linha reta, certo? Havia uma incoerência ali, entre o que meus músculos faziam e o que meus olhos pensavam que viam. Eu senti isso, mas não dei atenção. Então, sua ilusão não era perfeita!

– Nunca disse que era. Mas foi boa o suficiente. Quem chamou aquilo de "impossível" foi você.

Rafaela morde o lábio superior – um trejeito que tinha em comum com a irmã – e balança a cabeça:

– Não era uma ilusão *perfeita* – repete, para si mesma, dando-se conta de uma conclusão desagradável. – Eu senti o erro, mas não dei atenção. Deus me alertou, e O ignorei. Me deixei enganar... me deixei tentar...

Depois disso, a mulher fica em silêncio por mais de um minuto, enquanto o homem a observa, também em silêncio. Rafaela em seguida baixa os olhos. Sua boca se move muito depressa, sem emitir nenhum som perceptível. Ela está rezando.

Repentinamente, o homem de terno amarelo se volta para a porta, abre-a e, antes de sair, diz:

– Vou buscar alguma coisa para você comer.

O homem retorna depois de cinco minutos, com uma bandeja de plástico azul nas mãos. Sobre ela há um sanduíche de salmão no pão de centeio, com alface e cenoura picadas, e uma lata de refrigerante (essa lata específica foi escolhida por meio de um lance de dados, para garantir que o endereço do fabricante, impresso numa das laterais, não oferecesse nenhuma informação significativa).

Rafaela está sentada sobre o colchonete, e abraça o travesseiro. Quando a porta da cela se abre, levanta a cabeça e diz:

– Se eu não estivesse fora de sintonia com Deus em meus pensamentos, se não estivesse consumida por minhas dúvidas egoístas, teria percebido algo errado. Você só me trouxe aqui por culpa minha.

O homem balança a cabeça:

– Sabe – diz ele, agachando-se para entregar a bandeja à mulher – uma das coisas mais trágicas que a Quinta Revelação fez foi misturar teologia com neurociência.

– Mas a mente *é* a morada da alma! Não é possível entender uma sem levar a outra em consideração.

– Você disse que não tivemos tempo de operar seus olhos, e isso é verdade – declara o estranho. – A degeneração anda está aí, e continua. O que fizemos foi adaptar seu mediador para filtrar, digitalizar e corrigir o impulso do nervo óptico, compensando a miopia. Você está, creio, enxergando perfeitamente, em tempo real, há quase três horas, graças a um sinal artificial que é injetado diretamente em seu fluxo normal de consciência, sem solução de continuidade. Você pode continuar assim, se quiser. Mas haverá um preço.

– Preço? Você está falando como um padre da Revelação...

Os lábios do estranho se contraem, no que parece ser uma careta contida – a comparação obviamente o incomoda. Mas seu tom de voz não se altera quando ele diz:

– A Quinta Revelação tem um plano para você. Quando a trouxemos aqui, nós a removemos desse plano. Quando ajustamos seu mediador para compensar a miopia, nós a afastamos ainda mais dele. Se a sua fé for realmente tão grande, nós podemos desfazer tudo o que fizemos e colocá-la de volta no ponto em que os bispos gostariam. Você terá perdido algum tempo, mas nada de consequência.

Rafaela pensa um pouco sobre o que ouviu, e põe a bandeja de lado. Com cuidado, retira a prótese cosmética do mediador (que, como a irmã, mantém atrás da orelha) e pressiona a interface cinco vezes: curta, longa, curta; curta, longa. É o seu código pessoal para desativação completa do aparelho.

A mudança é instantânea. De repente, o homem de terno amarelo, a menos de um metro de distância, dissolve-se numa nuvem de bordas indefinidas, uma mancha de cor viva em contraste com a mancha acinzentada do fundo.

Rafaela ergue a mão esquerda e a aproxima mais e mais do rosto, até conseguir ver as linhas cruzadas na palma: isso só acontece quando o pulso praticamente lhe toca o nariz.

Há algo de tentador em continuar assim, pensa ela. *Pelo menos, saberei que não vendi minha alma. Pelo menos, saberei que continuo dento do Plano de Deus.*

Como se tivesse vida própria, a mão direita da mulher toca a interface atrás da orelha e faz pressão: curta, longa, curta; curta, longa.

A pequena cela, e o demônio amarelo, entram em foco mais uma vez. Rafaela pergunta:

– O que você quer de mim?

5. Tornado

MASTIGANDO UM *CHEESEBURGER* e com uma lata gelada de suco de laranja na mão, à sombra da cobertura de plástico branco de uma enorme tenda armada sob o sol escaldante, Bobby ("Petrosian", diz seu crachá) contempla parte do que restou de Round Rock, Capital dos Esportes do estado do Texas.

É difícil mastigar e manter um olhar convincente de comiseração ao mesmo tempo, mas Bobby consegue. Ele finge, com sucesso, sentir simpatia pelo pastor Robinson, encarregado, pela Quinta Revelação, de trazer conforto espiritual para os sobreviventes do tornado que devastou a área. O vento levou embora um bom pedaço do Condado de Williamson, incluindo as cidades de Georgetown e Cedar Park. Ao todo, quase um milhão de habitantes. Dezenas de milhares de mortos.

Bobby é bom em fingir. Por exemplo, quando deixou que a freira, Rebeca, roubasse informação secreta de seu mediador, ele havia fingido que não sabia o que estava acontecendo. O que ele realmente não sabia, na época, e não tinha gostado de saber depois, quando já era tarde demais, era que o plano incluía a morte da moça.

Você é nosso informante mais próximo do topo da hierarquia, Donato tinha-lhe dito durante uma daquelas reuniões malucas, marcadas com lances de dados, cartas tiradas do baralho e alfinetes jogados ao acaso sobre um mapa. Será que o sujeito nunca tinha ouvido falar em geradores de números aleatórios?

A reunião havia sido em Seul, durante uma das raras folgas de Bobby.

Se você conseguir as especificações da Cátedra, ótimo, mas nem sonhe em entregá-las pessoalmente. Não podemos correr o risco de estourar seu disfarce, Donato tinha dito. *Precisamos que você continue lá dentro. Não quero nem mais ver a sua cara. Aguarde um novo contato. Ele lhe dirá meu plano.*

Plano que havia, até onde Bobby conseguia perceber, dado certo: para a hierarquia da Quinta Revelação, ele havia sido culpado de "licenciosidade e negligência" – sua presença em Round Rock, numa missão de contagem de corpos, era parte da punição – , mas Rebeca cometera um ato de traição e pirataria. Pela "Graça Divina", morrera antes de passar os dados adiante.

Até mesmo a natureza dos dados roubados tinha sido disfarçada: ninguém sabia, ou dava mostras de saber, que parte essencial dos planos da Cátedra do Pontífice haviam passado pelo mediador do técnico Petrosian.

Imerso em pensamentos desse tipo, ainda assim Bobby ouve parte da pregação de Robinson, que fala para um grupo de pouco mais de uma centena de sobreviventes, na maioria políticos, policiais e paramédicos, reunidos debaixo de uma vasta cobertura que se estende diante da entrada da tenda propriamente dita. O discurso é o de sempre: a mesma ladainha sobre o Preço.

"O Preço é algo que exigimos nós mesmos, para que possamos nos elevar em caridade, em bondade, em humildade, e nos sentir dignos de tanto Amor. Nossos corações clamam aos céus por ele. O Preço não é um castigo. É uma dádiva".

Afinal, como você explica para as pessoas que existe uma máquina capaz de prever desastres exatamente como este que as atingiu, mas que, mesmo assim, elas não foram avisadas?

Você não diz a elas que é uma máquina. Você mente. Você diz que é a vontade de Deus.

Ainda que Robinson não esteja mentindo. O pastor é talentoso, bem falante, mas não passa de um soldado raso no exército da Revelação. Ele certamente não sabe nada a respeito da Cátedra: que se trata de um computador – e que computadores precisam se calibrados. No caso de um computador que faz previsões, você precisa confrontar o que ele prevê com a realidade. Por exemplo, se a máquina diz que 45.832 pessoas vão morrer, você...

Você, só de vez em quando, em menos de dez por cento dos

casos, não avisa ninguém e, aí, aproveita a oportunidade para contar os mortos. Se o número bater com a projeção, é porque podemos continuar a confiar no computador.

É por isso que Bobby está acompanhando o pastor Robinson: para tentar conseguir o máximo de precisão na contagem dos mortos, e formatar os dados para uma nova rodada de calibragem do software da Cátedra.

Sem que a comiseração deixe seus olhos, Bobby toma um gole do suco gelado, para ajudar o cheeseburger a descer. A última mordida, ao que parece, foi grande demais.

– ... e o técnico Petrosian está aqui para ajudar a restabelecer os links de comunicação e os canais de dados com o restante do mundo... – diz Robinson, continuando a dirigir-se à congregação.

Ao ser citado, Bobby, que acabara de engolir o pedaço que tinha na boca, ergue os cantos dos lábios no que não chega a ser um sorriso – não cairia bem sorrir, neste ponto da tragédia – mas que cria uma expressão, de qualquer forma, simpática. Competente. Capaz.

Certa vez, Bobby ouvira madre Mônica referir-se a essas rodadas de calibragem como o "Preço do Preço". Por algum motivo, a expressão leva seus pensamentos de volta à menina, Rebeca. A morte dela teria sido o quê? O Preço de acabar com o Preço? O Preço para pôr fim a todos os Preços?

Seja lá o que for, pensa ele, *eu só queria que acontecesse logo.*

Agora, depois da apresentação feita pelo pastor, os olhos da congregação voltam-se para o "técnico Petrosian". Bobby sente um calafrio: ele já viu esses rostos, esses olhares. Os mesmos, só que em outros locais: na África, na Ásia, na América do Sul. Na Islândia.

Donato precisa agir logo porque, em breve, Bobby não conseguirá fingir mais.

Uma das coisas que tornam o mundo de Bobby Petrosian suportável é o sexo feminino. O técnico tem consciência da natureza superficial, às vezes até mesmo grosseira, do encanto que tem para certas mulheres – ninguém entra, semanalmente, num sarcófago de bronzeamento artificial sem se dar conta, ainda que numa escala milimétrica, do ridículo inerente à situação – mas isso não o incomoda: o tipo de mulher que se impressiona com o grosseiro e o superficial também costuma ser o tipo mais fácil de esquecer. Esse é, exatamente, o tipo preferido de Petrosian.

No fim, o que vale para Bobby é a emoção da conquista. O que se segue, a administração e colonização do território, o entedia.

Agora, por exemplo: ele é feliz em momentos assim, enquanto sobe os dois últimos degraus da escada de concreto, respira fundo e se vê cara a cara com a Via-Láctea. É noite, a iluminação pública ainda não foi restaurada nesta parte da cidade e a casa de madeira sintética que exista sobe o terreno, três quartos (duas suítes), duas salas, cozinha e banheiro social, foi arrancada pelo tornado.

O cano que alimentava a descarga da privada da suíte principal cospe água como um chafariz. Ninguém ainda se deu ao trabalho de encontrar um registro em meio aos escombros e fechá-lo.

A dona, uma advogada de trinta e poucos anos chamada Yvonne, preferiu não ir para o abrigo de refugiados, e está morando no porão, onde tem um armário de conservas, uma adega, um chuveiro e outros confortos.

Bobby havia passado lá mais cedo, para verificar o estado da conexão local de dados e, discretamente, contar corpos (não havia nenhum). Yvonne o convidara para o jantar. Com, é óbvio, algo mais implícito no convite.

Assim, é depois de desfrutar de todos os aspectos do convite que Bobby salta da escada para o terreno vazio, enche os pulmões com o ar revigorante da noite, contempla a majestade do céu noturno e se vê agarrado por trás.

Sua reação é rápida: ele salta e joga todo o peso do corpo sobre o captor, que se desequilibra e cai de costas. Com satisfação, Bobby ouve o som duro da cabeça chocando-se com o piso de cerâmica, e sente os braços do agressor afrouxarem-se em torno dos seus. Mas, antes que consiga se erguer, sente uma explosão de dor no queixo, e a boca cheia de sangue – um chute certeiro no rosto!

Diz uma voz rouca, masculina:

– Estrume igrejeiro, se acha que não tem homem em Round Rock pra ver você se aproveitar da desgraça e transformar nossas mulheres em putas...

Mesmo com a mente dominada pela maré de dor que parece subir e descer em seu rosto, Bobby encontra espaço na consciência para se sentir ofendido: *Não paguei por nada*, pensa ele. *De fato, foi ela que...*

O técnico gira o corpo a tempo de proteger a barriga, para onde já ia outro chute, com os cotovelos, e tenta dobrar as pernas para se levantar, mas uma botina pesada o atinge, em cheio, atrás da orelha, tirando-lhe o equilíbrio. Com o rosto virado para cima, Bobby tem uma visão rápida desse agressor, à luz das estrelas na noite sem lua. É um tipo gordo, alto, de barba. Parece ruivo, mas com a luz ruim é difícil dizer.

Malditos americanos e suas manias de caubói machão, pensa Bobby, no instante em que a sola espessa da botina tapa por completo seu campo de visão. A expectativa da dor de ter o nariz quebrado por uma pisada violenta faz o técnico fechar os olhos, então ele não vê o ombro de seu agressor explodir num borrifo de sangue. De fato, Bobby só se dá conta de que foi salvo quando ouve o som do tiro e sente o respingo quente na testa.

– Técnico Petrosian? O senhor está bem? – é a voz do pastor Robinson. Já de joelhos, ofegante, Bobby vê o clérigo, de terno preto e colarinho branco, com um rifle nas mãos. – Eu estava acompanhando a milícia local numa patrulha contra saqueadores, quando...

Benditos americanos e suas manias de caubói machão, pensa Petrosian, erguendo-se para agradecer.

6. Canonização

O INTERIOR DA GRANDE TENDA, diante da qual o pastor havia feito seu sermão para os sobreviventes, conta com uma área reservada, separada do espaço principal por uma divisória plástica que pode ser opaca, translúcida ou transparente, dependendo de um pequeno ajuste eletrostático. Neste momento, a partição é de um branco opaco, quase cinza em sua solidez.

Do outro lado, sentindo o vento frio de um aparelho portátil de ar condicionado, Bobby ouve um sermão particular.

– O senhor – diz Robinson – foi enviado para cá, segundo os arquivos que recebi, como parte de uma penitência por licenciosidade. O senhor não me pareceu muito penitente na última noite.

– Disseram-me que sentir o cheiro dos mortos é um bom remédio para as tentações da carne – responde o técnico, mantendo um tom neutro de voz, sem deixar transparecer a dor que articular a palavras lhe causa. – Talvez tenham se enganado.

Normalmente, a tarefa de conferir o número de corpos seria executada de modo burocrático – conferindo relatórios, totalizando parciais, preenchendo mapas, eliminando contradições e contagens duplas.

Mas os termos da punição por Rebeca exigem que Bobby acompanhe algumas das expedições de campo. Nesta tarde, ao sair do sol e entrar no ar condicionado, ele imaginou sentir as moléculas fétidas de cadaverina encolhendo, fechando-se, solidificando-se ao seu redor e sobre sua pele.

Robinson tamborila os dedos sobre o tampo da mesa. Ele está sentado. Bobby permanece em pé.

A área reservada contém alguns móveis infláveis, incluindo a mesa principal e a poltrona reclinável que o pastor ocupa. Bobby tem certeza de que Robinson dorme nela.

Há ainda a mobília desmontável: uma estante, estreita e alta, onde estão o rifle e caixas de cartuchos, além de um exemplar da Bíblia e algumas folhas soltas de papel; um armário de gavetas e uma armação de cabides, com duas camisa e dois ternos pretos sobressalentes. Meias, cuecas, colarinhos brancos, pente e espelho devem estar nas gavetas, supõe o técnico.

Na categoria de mobília desmontável encaixam-se ainda duas cadeiras, vazias, que parecem não ter sido notadas, até o momento, por nenhum dos participantes do diálogo.

Onde será o banheiro?, pergunta-se Bobby, e logo identifica uma segunda divisória, atrás da poltrona, à esquerda.

– Informei o Santuário sobre a situação que o senhor criou aqui – diz Robinson, por fim. – Em sua infalível sabedoria, nosso Pontífice decidiu que a culpa pelo ocorrido, embora possa ser parcialmente atribuída ao senhor, na verdade cabe a um esmorecimento da fé desta comunidade.

Bobby assente com a cabeça, em silêncio.

– Para remediar o fato, ele determinou que ocorra uma canonização entre vivos – prossegue o pastor. – Nosso Senhor revelou ao Pontífice que há um santo entre nós, em Round Rock, e que essa crise é apenas um dos sinais de seu desabrochar. – Robinson sorri: parece realmente feliz com a perspectiva de ter um novo bem-aventurado surgindo tão perto, diante de seus olhos. – Portanto, o senhor está, a partir deste momento, instruído a entrar em contato com o Pontífice e preparar os detalhes técnicos. É tudo.

Bobby é um bom ator. Isso, mais o bronzeado, impedem que seu empalidecimento se torne evidente – embora Robinson pudesse ter notado a perda de cor ao redor dos lábios e no alto da testa, junto à linha do cabelo, se fosse observador ou estivesse interessado o bastante. O que não era o caso.

– É tudo – repete o pastor, com ênfase, e só então Bobby volta a piscar, vira-se e sai.

Detalhes técnicos. Para o pastor, para boa parte dos seguidores da Quinta Revelação, isso provavelmente significa preparar testes e certificados, fazer uma triagem de candidatos, realizar varreduras em mediadores em busca de material impróprio.

Bobby sabe o que isso significa *realmente*: desativar as travas de segurança do mediador de alguém, destruindo todos filtros que facilitam a distinção entre mídia e realidade, para que a pessoa escolhida possa se encher com a "Graça de Deus". O que isso realmente quer dizer é, de certa forma, questão aberta ao debate. Mas, para Bobby, o significado é um só: levar alguém à loucura por meio de um choque alucinatório, gerado por um feixe de dados transmitido diretamente do Santuário.

O técnico mal se lembra do caminho entre a grande tenda e a barraca menor, onde ficam seu catre (duro, desmontável, não inflável e macio), sua mesa de trabalho, seu equipamento suplementar.

Quando remove a cobertura cosmética da sobrancelha e conecta ali o encriptador/potencializador necessário para a comunicação direta com a estação especial, sua mente está cheia de mulheres e pedaços de mulher – uma sucessão de seios, bundas, lábios, cabelos, mãos de dedos longos e pescoços de curva suave, um caleidoscópio do olho da mente que é mais desesperado do que realmente erótico.

Protocolos imperceptíveis e robôs de dados negociam o contato entre o telefone do mediador e a central do Santuário, centenas de quilômetros além da superfície da Terra. Bobby não tem consciência nenhuma do processo, das etapas de formatação, reconhecimento, identificação, checagem de identidade, confirmação, checagem de segurança, confirmação e, por fim, acesso.

Ele sente a boca seca quando o frio do contato toca seus nervos. A sensação, que Bobby sabe ser puramente subjetiva – uma ficção de sua mente, um alerta – é a de ter alguém derramando nitrogênio líquido na cavidade da espinha, congelando-a na medula.

O frio é um sinal de que o técnico está sendo agraciado com um alto privilégio, algo que só lhe ocorrera duas vezes antes: comunhão direta com a mente do Pontífice. Com Augusto.

Pax tecum, diz a voz que vem do espaço.

Et cum spiritu tuo, responde Bobby, por puro reflexo.

No instante de silêncio que se segue, o técnico se pergunta o porquê do latim. "A paz esteja contigo" é uma saudação universal e, até onde Petrosian sabe, Augusto a utiliza em árabe ao se dirigir aos árabes, em urdu ao falar com paquistaneses, em híndi ao tratar com indianos... Petrosian é georgiano. Então, qual o motivo?

Canonização é um rito de origem católica e, mesmo tendo modificado muitos dos princípios das Revelações Antigas, a Quinta Revelação sabe apreciar o valor de uma tradição, diz a voz do Pontífice, num tom que consegue ser, ao mesmo tempo, amigável e distante.

A fala do líder faz Bobby arregalar os olhos: será, pergunta-se, que meus pensamentos íntimos estão vazando para o canal de comunicação?

Mesmo assim, prossegue o Pontífice, sem dar sinal de ter notado o alarme que ocupa a mente localizada na outra ponta da linha, *a canonização tradicional só contemplava pessoas mortas. Mas agora, em Sua Graça, o Senhor nos permite distinguir os santos bem-aventurados enquanto ainda se encontram entre nós. É para isso que buscamos seu conselho e sua perícia.*

Meu sangue e minha alma estão a serviço da Revelação e de seu Pontífice, responde Bobby, usando a versão reformada da antiga fórmula islâmica.

É preciso, claro, tomar medidas para que o coração visado esteja aberto para receber a graça, diz Augusto. *Nesse caso, sua perícia seria extremamente bem-vinda.*

Sangue e alma, Pontífice – responde Bobby.

Já com seu conselho esperamos poder contar na questão da escolha do novo santo... Nova santa, na verdade. É fato que, normalmente, a escolha do receptáculo da Graça se dá após exaustiva investigação. Mas há, às vezes, situações excepcionais. Recentemente, por exemplo, canonizamos a irmã de nossa pobre colega martirizada, Rebeca. Santa Rafaela vivia no Brasil, e agora, até onde sabemos, medita sua experiência mística entre as catacumbas da cidade. Creio que o irmão Petrosian ainda não tinha ouvido a notícia.

Lutando para manter a emoção fora do canal de telefonia, Bobby trava as mandíbulas com tanta força que, por um momento, imagina, sem realmente fazer caso, que os dentes do siso vão trincar.

Não – responde ele, por fim. – Não sabia. Foi um gesto de grande generosidade por parte da Revelação, criar, com martírio e canonização, tão exaltada família.

As duas irmãs provavelmente serão celebradas numa festa única, diz o Pontífice, reassumindo o tom de cortês desinteresse. *Portanto: creio que, a exemplo de Santa Rafaela, outra canonização, digamos, fulminante se faz adequada neste caso. É por isso que queremos sua opinião: estamos inclinados em derramar o óleo da unção sobre a mulher Yvonne Walker.*

Bobby não responde. Sabe que deve responder, sabe até mesmo o que deve responder, mas não consegue. É como se seu cérebro tivesse sido retirado do fluxo do tempo, uma mente sequestrada no instante entre duas sinapses.

Um silêncio que é como um grito do vácuo preenche seus ouvidos.

Você a conhece bem, irmão Petrosian. O que nos diz? Ela é um receptáculo digno da Graça?

Sim – Bobby, ou uma força que habita em Bobby, obriga-se a responder. – Sem dúvida.

Você é um veículo, arauto ou um estandarte de bênçãos, irmão Petrosian. A Providência aproxima de sua vida mulheres escolhidas para a Obra do Senhor.

Três dias depois, quando Bobby finalmente cumpre a ordem de desativar, por controle remoto, os sistemas de segurança que mantêm o mediador de Yvonne ancorado na realidade – quando, minutos mais tarde, o Santuário reage ao sinal de que o terreno está pronto – a mulher deixa seu refúgio subterrâneo e olha para o Sol como se visse o astro pela primeira vez. Sorri, gargalha, abre os braços, como se quisesse abraçar o mundo. Uma alegria maior que o céu, maior que o azul do firmamento, enche seu coração.

Logo em seguida, Yvonne grita. Uiva. Chora. Profetiza, improvisando versos que são ouvidos por pessoas que passam pela rua e que serão reunidos em livro e submetidos a cuidadosa exegese nos próximos meses.

E então se põe a caminhar, alternando saltos, passos de dança e trechos de corrida, para longe, cada vez mais longe. Parte em direção ao deserto.

Ela já é santa; se sobreviver, se retornar, se for encontrada, se deixar-se capturar, será levada ao espaço, ao Santuário, para viver uma vida de bênçãos e homenagens.

7. Bruce Lee III

– Eu ia ser canonizada? *Eu*?

Rafaela não sabe como se sentir a respeito. Em toda sua vida, ela estivera presente a uma única canonização. Na época, era uma menina de treze anos e o santo, o então futuro santo, um homem que morava no mesmo condomínio, duas ou três portas à esquerda, no mesmo corredor.

Rafaela estava brincando de rabiscar o vidro transparente da sacada comum do andar. Décimo quinto andar. Olhando para leste, pouco depois do nascer do Sol.

Parecia uma travessura fútil, uma lua inglória: tudo que ela desenhava com o giz de cera desaparecia instantes depois, traço e cor devorados pelo revestimento autolimpante. Mas se inclinasse corretamente a cabeça, se apertasse os olhos até que a luz viesse através do vidro no ângulo exato, Rafaela era capaz de ver os riscos, ou melhor, espectros, fantasmas dos riscos, dilatando-se, atenuando-se lentamente, assumindo novas formas inesperadas.

A menina brincava com isso quando uma sombra caiu entre seus olhos e a sacada, atrapalhando o delicado claro-escuro de que o jogo dependia.

Ela havia virado a cabeça para ver de onde vinha a sombra, e vira o homem. Ele sorria. Sorrindo ainda, olhando para o Sol nascente, o vizinho colocara dois dedos na boca – Rafaela lembrava-se exatamente quais: o médio e o indicador da mão esquerda – e mordera. Devagar, mas com determinação.

E sorrindo, sempre sorrindo, ele tinha ficado ali: com sangue a escorrer pelos cantos da boca até o queixo, e pelo espaço aberto entre polegar e anular. Mastigando, feliz, os dedos amputados, até que viessem buscá-lo.

– Não sei se gostaria disso – diz a Rafaela adulta, depois do que pareceu, a seu companheiro de viagem, uma longa pausa. – Digo, de ser uma santa.

– Eles têm um belo conjunto de celas acolchoadas para santos, lá no Santuário, pelo que ouvi – diz o homem sentado a seu lado, numa cabine reservada da primeira classe do *Bruce Lee III*, um dos mais luxuosos dirigíveis na linha turística Xangai-Seul. Cabine escolhida num lance de dados de dez faces. – Parece confortável, mas fico feliz em saber que não estava nos seus planos. Depois do que sua irmã fez por nós, não poderíamos deixar que isso acontecesse com você.

A menção de Rebeca traz, subitamente, os acontecimentos dos últimos dias à tona na mente de Rafaela: o tribunal eclesiástico e o sequestro em São Paulo, a visão recuperada – *a visão!* Rafaela olha pela janela do dirigível e vê o mar lá embaixo, as ondas, a espuma, os barcos coloridos. *O mar as ondas, os barcos*, não uma mancha cinzenta, sem vida, sem cor, indistinta.

A decisão de acompanhar o estranho sequestrador ao outro lado do mundo, de ajudá-lo em mais um sacrilégio de tantos – ajudá-lo a copiar o Poder de Deus.

As roupas de viagem, escolhidas por meio de cartas retiradas do baralho. O voo suborbital, de poucas horas, entre São Paulo e Xangai. Na terceira classe, onde os passageiros sentem todo o desconforto da aceleração. Onde alguém sempre vomita no corredor, e as partículas depois flutuam, ameaçadoras, entre as poltronas, nos breves instantes de imponderabilidade.

E então, este outro voo, muito mais lento, mas infinitamente mais agradável, a bordo do dirigível.

– Claro – prossegue o homem, o sequestrador, agora companheiro de viagem, que se diz chamar Donato – , se eles não tivessem tentado iniciar a canonização, provavelmente nunca teríamos conseguido entrar no seu mediador, trazer você até nós, consertar sua visão... – Donato faz uma pausa, antes de se virar para encarar Rafaela diretamente nos olhos: – Que não consertamos, na verdade. Você sabe. A degeneração continua...

Rafaela sabe, mas não está disposta a pensar no assunto. Não agora. Portanto, muda o rumo da conversa:

– E por que iam me canonizar? O que eu fiz?

– Em parte, creio, por causa de sua irmã. Uma questão de ajuste de enredo, suponho. Religiões tendem a se parecer com midianovelas, às vezes: irmãs gêmeas unidas pelo destino, coisas assim. E, em parte, por causa do seu trabalho.

– Meu trabalho?

– Você não faz a menor ideia de para onde sua pesquisa com coroas-mestras estava apontando?

– Apontando?

– Bom, dizem que Einstein também não fazia ideia da bomba atômica...

Rafaela sente-se aturdida. Ela estava trabalhando num aprofundamento teórico das coroas-mestras, é verdade, mas isso só teria aplicações comezinhas. Ou não? Mais uma vez, resolve mudar de assunto:

– Ainda não entendo como você, ou vocês, conseguiu tudo isso. Aquela cela em São Paulo. Dinheiro para esta viagem. E esta viagem, em segredo. Mesmo com câmeras em toda parte, rastreamento de crédito, impressões digitais, DNA, retina...

Donato (que agora veste calças pretas, camiseta branca um relógio de corda pendurado no pescoço) dá de ombros antes de responder:

– A questão é: quem vigia os vigilantes? Se alguém está olhando as câmeras, quem olha o cara que olha as câmeras? E quem olha o cara que olha o cara que... Isso tudo que você falou, rastreamento de crédito, DNA, digitais, vídeo, gera mais informação do que é possível administrar. Note o paradoxo: os governos e a Quinta Revelação têm de decidir, antes de acessar os dados, antes mesmo de saber o que os registros contêm, o que jogar fora, o que guardar para depois, o que analisar imediatamente. Nenhum ser humano é capaz de tomar esse tipo de decisão. Os computadores fazem isso. E como o dogma da Revelação diz que a inteligência artificial é impossível, só o que os computadores podem fazer é procurar padrões: coincidências, repetições, palavras-chave, narizes-chave, olhos-chave, vozes-chave. Esses sistemas funcionam bem. Exceto contra o que eu faço, que é não gerar padrões.

– As cartas? Os dados?

– Exatamente.

Rafaela aceita a caipirinha de abacaxi com aguardente chinesa, maotai, oferecida pelo comissário de bordo robô que acaba de entrar, depois de bater educadamente na porta da cabine. Após dois pequenos goles, ela pergunta:

– Mas essa falta de padrões não é um padrão em si?

Donato sorri:

– Não posso mudar minha aparência física ou minha voz com muita frequência, e certamente meu genoma é meu genoma e pronto. Essas coisas deixam pequenos pontos, por assim dizer, na rede de vigilância, aqui e ali. Mas são pontos distantes: ontem em São Paulo, hoje em Xangai, amanhã em Seul. Também são distantes no tempo: depois de chegar à Coreia, pretendo sumir por, pelo menos, um ano. Se um dia o sistema for capaz de traçar linhas entre esses pontos e achar uma figura coerente, ficarei surpreso. E, é claro, muito encrencado.

– E os recursos? Nossas passagens aqui devem ter custado uma fortuna! Sua organização...

– Não é exatamente uma organização, é uma rede. Não digo que não tenho agentes, tenho alguns, mas o que mais tenho é simpatizantes: gente disposta a colaborar com um gesto, uma quantia, a aplicação de uma perícia específica num momento crucial. E tenho muitos simpatizantes. Sei que isso vai soar como slogan barato do século 20, mas o fato é que a opressão sempre gera muito ressentimento. A questão é saber canalizá-lo.

A palavra "opressão" deixa Rafaela subitamente aflita:

– É seguro falar sobre essas coisas aqui? Ou em qualquer lugar? E se eles realmente podem grampear os mediadores...

Donato volta a dar de ombros – algo que, Rafaela não consegue deixar de notar, é um padrão neste homem que tenta não ter padrões.

– Enquanto eles não souberem quem exatamente vigiar, podemos dizer o que quisermos – responde ele. – Há dez bilhões de pessoas no mundo. Mais da metade tem mediadores implantados. A Quinta Revelação pode acompanhar, rastrear ou grampear alguns, muitos até, se quiser, mas não *todos*.

– Mas eles estavam atrás de mim, quando saí do tribunal. Desligaram as travas de segurança do meu mediador. Iam me canonizar. E se ainda estiverem em perseguindo, me monitorando?

– Depois da canonização, é comum o novo "santo" desaparecer por algum tempo... "Voz que clama no deserto", essas coisas. Eles só vão voltar a tentar rastrear você se você se fizer notar primeiro. Mesmo porque, parte do processo de canonização queima a identidade individual do mediador, criando uma espécie de tábula rasa incomunicável. Santos não dão e nem recebem telefonemas. Nem baixam mídias.

Rafaela pensa nisso por alguns momentos antes de perguntar:

– E você? Como sabe que não estão de olho em você?

Donato coça o cabelo no alto da nuca:

– Como saberiam que "eu" sou "eu"? Além disso, só uso registros clonados. Se tentarem me rastrear a partir da atividade de meu mediador nas últimas 24 horas, vão acabar chegando a uma prostituta sueca, ou coisa assim. Nem eu sei quem "sou" agora.

8. Paralelo 38

A PRIMEIRA COISA a surpreender Rafaela, depois que deixaram Seul num jipe (cortesia de mais um "simpatizante" de Donato) foram as árvores.

A bem da verdade, ela demorou a notar que as árvores eram árvores.

Mais pareciam catedrais. Colossos de madeira, algumas dispostas em curvas fechadas, círculos ou elipses, erguendo-se aos céus como muralhas fractais, castelos retorcidos, folhas delgadas filtrando e tingindo de esmeralda a luz do Sol.

Depois, o silêncio: nada além do vento nos galhos.

Em seguida, o barulho: o rugido das feras, o canto das aves, o grito dos macacos. E as asas. Milhares de asas batendo, em revoadas sem fim.

A segunda coisa a surpreendê-la – quase meia hora depois de terem deixado o jipe para trás, meia hora percorrendo a pé um terreno que não era um terreno, mas uma outra coisa, um espaço tridimensional feito de raízes altas e galhos baixos, poços sem fundo e leitos de folhas, pontes de osso roído ("há tigres e leopardos por aqui, mas não se preocupe: eles não sabem que seres humanos são comestíveis", disse-lhe Donato), escadarias de rocha acarpetada com musgo – bem, a segunda coisa a surpreender Rafaela...

Foi o lago.

Como no caso das árvores, a mulher teve dificuldade em reconhecê-lo. O reflexo da copa das árvores fazia com que as águas, paradas, parecessem, à primeira vista, uma continuidade do chão sólido, coberto de verde. E mais ao centro, onde as águas deveriam ser azuis, refletindo o céu, havia algo que era como uma rocha. Uma ilha feita de quartzo: rosado, branco, cinzento.

Só que quando Rafaela escorregou, produzindo um ruído quase imperceptível, o "quartzo" explodiu: o que parecia ser uma rocha sólida dissolveu-se – a palavra que veio à mente da mulher foi "desabrochou" – em uma aparente infinidade de garças, cegonhas, pelicanos, a princípio em fuga desordenada mas, logo em seguida, erguendo-se em círculos para longe.

Ela ouvira uma revoada antes, ainda ao longe. Agora, ao vê-la, ao ouvir de perto o grito das aves e assistir à espiral apertada desenhada por asas abertas e corpos delgados escapando rumo às alturas, a mulher sente, inesperadamente, lágrimas no rosto.

– Bem-vinda à DMZ do paralelo 38 – diz Donato. – Fantástico, não?

Esfregando as faces com a ponta dos dedos, Rafaela encontra voz para perguntar:

– DMZ?

– É a sigla, em inglês, para "Zona DesMilitarizada". Houve uma guerra aqui, há uns 150, 200 anos, e parte do acordo final foi o estabelecimento de uma área desabitada entre os dois países: quatro quilômetros de largura, quase 250 quilômetros de extensão. Corta a península ao meio. De lá para cá, a população da antiga Coreia do Norte foi praticamente dizimada por epidemias e fome, até que o território e os sobreviventes acabaram absorvidos pela China. A Coreia que sobrou manteve a DMZ, primeiro para deixar os chineses a uma distância segura, mas, principalmente, como uma espécie de monumento nacional. Mais uma casa mal-assombrada nacional, na verdade: respeitada, mas de longe. Quase ninguém vem aqui. Este é um dos poucos lugares onde é possível ver como a Terra seria, se a humanidade desaparecesse toda de uma vez. Sem cidades, nada de poluição, a vida seguindo seu curso...

– Nunca imaginei...

– Faz pensar se não seria uma boa ideia começar a envenenar os suprimentos de água e degolar criancinhas, não? – Ao ouvir isso, Rafaela arregala os olhos. Donato ri, dando de ombros. – Confesso que, sempre que venho aqui, a ideia me ocorre. Mas tenho conseguido resistir à tentação. A vida aqui pode ser bela de olhar, mas é curta, brutal e irracional de viver. Venha comigo.

Os dois contornam o lago. Do outro lado,a mulher vê o que parece ser uma colina baixa, angulosa, coberta de limo, com uma árvore nascendo a partir de um dos cantos superiores.

Mais de perto, ela vê que não se trata de uma colina natural. É uma estrutura de metal e concreto – uma antiga casamata, ou posto de observação militar.

Sem dizer uma palavra, Donato enfia a mão na rachadura por onde uma das raízes mais fortes da árvore penetra no concreto. Faz algum tipo de esforço – Rafaela acredita detectar um enrijecimento momentâneo nos músculos do braço – e, instantes depois, uma seção da parede se desloca para trás e gira para o alto e para a esquerda.

– Uma coisa de que a maioria das pessoas não se dá conta – diz ele, enquanto conduz Rafaela para dentro da casamata, onde luzes automáticas se acendem à medida que os dois recém-chegados caminham por um corredor estreito – é a assustadora *antiguidade* da nossa civilização. Digo, até mesmo o chamado Novo Mundo já tem, o quê?, 700 anos? Não foi o poeta chinês Yuan Gonglin que escreveu, "Da pureza da terra virgem, separam-nos os túmulos de nossos ancestrais"? Bem, não são só os túmulos: além das tumbas, catacumbas e cemitérios, há os túneis de metrô, os esgotos, as garagens dos velhos prédios, a tubulação de gás e eletricidade, as galerias pluviais, os rios canalizados. Nossas cidades não estão mais construídas sobre a terra. São erguidas sobre outras cidades. Para alguém como eu, isso é muito útil: por exemplo, no caso do trecho abandonado de metrô onde nos conhecemos.

– Para onde seu truque sujo me levou – corrige Rafaela, mas sem rancor na voz. – E o que isso tudo tem a ver com isto aqui?

– O fato é que a civilização é tão antiga – diz Donato, parando diante de uma grade que marca o fim do corredor – que até as florestas intocadas de hoje crescem sobre as ruínas de ontem.

Com um puxão firme, o homem faz a grade se deslocar para a direita, revelando um pequeno recesso.

– Ruínas – completa ele – para onde este elevador vai nos levar.

Quando já estão no elevador, depois de alguns instantes de silêncio e antes que a cabine comece a descer, o homem completa:

– Bem, não exatamente ruínas...

9. Magoseong

DURANTE A DESCIDA no elevador – que para Rafaela parece interminável, mas na verdade corresponde a pouco menos de seis andares – Donato se mantém em silêncio.

Quando a cabine para, Rafaela sente-se suspensa em meio ao vazio: a única luz é o feixe branco, leitoso, que vem do teto do elevador. Embora as paredes e a porta sejam vazadas – nada além de grades – tudo o que seus olhos veem ao redor é escuridão.

O som do elevador assentando no fundo do fosso parece amplificado por uma infinidade de ecos que parece vir de toda parte. Isso diz a Rafaela que a escuridão é ampla, e nada mais.

– Vamos? – diz Donato, com uma mesura, ao mesmo tempo em que puxa a grade da porta, criando um novo ruído, e novos ecos.

Assim que os dois dão os primeiros passos para fora do elevador, luzes se acendem no teto, muito alto, revelando um túnel que, a princípio, parece ser apenas uma versão titânica do corredor de entrada da casamata, na superfície. Mas que logo se revela muito mais.

Porque este não é um túnel discreto, de paredes cinzentas, manchadas de umidade e material em decomposição. É colorido – selvagemente colorido, pensa Rafaela, enquanto estreita os olhos, numa tentativa de dosar o ataque dos vermelhos intensos, amarelos profundos, azuis luminosos, verdes vibrantes.

Ao redor há um mosaico, uma sucessão de mosaicos que conta uma história. Primeiro, as trevas: ladrilhos negros, tão polidos que Rafaela e Donato veem seus próprios reflexos em negativo. Depois a luz e, da luz, uma mulher. E então, conforme os recém-chegados percorrem o corredor, duas mulheres juntam-se à primeira, e mais adiante surgem duas mulheres ainda mais jovens e, finalmente, os dois primeiros homens. O cenário torna-se, então, mais rico: em vez de desfilar diante de um fundo azul cortado por raios dourados, as formas humanas agora aparecem diante de árvores, folhagens, pássaros, cães e macacos.

Os primeiros homens erguem um palácio.

– A mulher mais velha é Ma Go, a primeira deusa – explica Donato, enquanto caminham. Sem nenhuma ajuda masculina, ela gera duas filhas que, também sem precisar de uma fonte externa de gametas, dão à luz duas outras mulheres, e finalmente, o sexo masculino dá o ar de sua graça. Os homens então erguem Magoseong, ou "Paraíso de Ma Go", que é onde estamos agora.

– Agora? – Rafaela não consegue deixar de beber os mosaicos com os olhos. Há detalhes dentro de detalhes, cores dentro de cores, e até mesmo o contorno de cada ladrilho individual parece contar uma parte da história. – Estamos na Asgard do extremo Oriente?

– Vocês estão no Túnel de Sobrevivência 1, criado a partir do Túnel de Agressão 7 e do Túnel de Esperança 3, mais algumas ampliações. O resto é licença poética – diz uma voz feminina, vinda de algum ponto adiante, uma porta secreta aberta em um trecho de mosaico que representa um rio por onde flui um líquido branco, leite talvez. – Donato é bem-vindo, e sua companheira de viagem, também.

– Obrigado, Gung-hee – responde o homem, com uma reverência curta. E, voltando-se para Rafaela: – Deixe-me lhe apresentar a deusa Gung-hee, primogênita de Ma Go.

Gung-hee veste um macacão verde, ajustado na cintura mas folgado sobre o restante do corpo e usa os cabelos, lisos, escovados para trás. Pelo que Rafaela consegue deduzir, trata-se de uma mulher em boa forma física, e de idade indefinida – a expressão do rosto pode ser a de uma jovem sobrecarregada de responsabilidades ou a de uma senhora excepcionalmente bem conservada.

Possivelmente para garantir que Rafaela não se sinta alienada, todos falam em inglês.

– Donato adora levar a mitologia ao pé da letra – diz Gung-hee, enquanto os conduz pela passagem atrás do mural.

– Este é o único lugar onde posso fazer isso impunemente! – responde ele.

– Bem, Gung-hee é apenas um título, mais charmoso que "diretora-executiva", provavelmente, mas estou longe de ser uma deusa – prossegue a coreana. – Se você realmente quiser saber onde está, posso lhe emprestar alguns livros sobre a história da Coreia do Norte, do fim do comunismo à ascensão do matriarcado, da assimilação pela China à fuga para o subterrâneo.

A passagem é curta, um retângulo escavado na rocha e revestido com algum tipo de plástico liso e brilhante, tão polido que as paredes são quase espelhos – Rafaela se sente um pouco perturbada ao notar a mancha colorida que a acompanha pela parede, um reflexo apagado e distorcido de si mesma.

– Vai ter de ser por livros – diz Donato. – Seu mediador não está transmitindo nem recebendo. Mas é uma leitura interessante, e acho que você vai ter tempo, enquanto estiver aqui.

De repente, Rafaela se dá conta de que este é o seu destino – o lugar onde terá de ficar se não quiser ser canonizada, se quiser manter seu lado na barganha com Donato e ajuda-lo a desenvolver e aplicar a tecnologia roubada do Santuário por Rebeca. Especialmente, se quiser continuar enxergando.

Por um instante, ela se sente sufocada, claustrofóbica. *Viver debaixo da terra, enterrada viva...*

E então eles saem da passagem, e Rafaela se pergunta como é possível terem voltado tão depressa à superfície.

O céu é azul, cortado por nuvens brancas que brilham como uma tênue luz dourada, como se numa alvorada permanente. Ao longe, no horizonte, é possível ver a silhueta de cones vulcânicos, cobertos de vegetação e emitindo uma fumaça fina, que fala mais de calma e relaxamento que de fúria contida.

A vizinhança imediata é uma pequena vila, com torres orientais torneadas, cada andar circundado por um telhado vermelho hexagonal, com dragões verdes e leões dourados nos cantos. Entre as torres há longos edifícios horizontais, aparentemente muito bem arejados, com balcões largos e amplas janelas.

Há pessoas nas ruas, pavimentadas com grandes pedras coloridas, algo que faz Rafaela se lembrar do "pé-de-moleque", o piso quebrado, liso e traiçoeiro característico de Parati. Mas em Magoseong as pedras têm forma e tamanho mais homogêneo, e são ásperas o bastante para garantir um bom equilíbrio.

As pessoas – poucas e, em sua maioria, mulheres – vestem macacões como o de Gung-hee. Apenas as cores são diferentes. Há amarelos, vermelhos (em maior número) e azuis. A diretora-executiva parece ter o único modelito verde.

– Este lugar foi concebido, a princípio, como um abrigo para proteger a cúpula do governo de uma guerra atômica – diz Gung-hee. – Você não achou que a cúpula iria se contentar em morar num buraco de concreto e granito que *parecesse* ser exatamente um buraco de concreto e granito, achou?

Hologramas, pensa Rafaela, olhando para os vulcões e as nuvens. Quando sente a brisa perfumada – jasmim? – no cabelo, a conclusão é óbvia. *Ar condicionado.* A energia? *Nuclear, claro. Um reator enorme, ou vários reatores pequenos, enterrado em algum lugar.*

– O que vocês comem?

– A dieta é basicamente vegetariana, quase tudo criado aqui mesmo – responde Gung-hee. – Poderíamos sair de vez em quando para pegar alguma coisa na DMZ, mas para quê? Magoseong é praticamente auto-suficiente, uma biosfera à parte. Se estivéssemos no espaço, poderíamos ir até Alfa Centauri, bem devagar, e não sentiríamos falta de nada. Bem, da gravidade, talvez.

Rafaela pensa, sem saudades, na aglomeração nas ruas de São Paulo, nas escadas rolantes que sobem e descem sem parar, sem nunca chegar, realmente, a lugar algum. Ela sabe que este é um paraíso artificial. Falso. Mas, e daí? Ainda é melhor que um inferno, também artificial e, sob diversos aspectos, não menos falso.

Rafaela pensa. Respira. Sente as pedras sob os pés, a essência de jasmim nos cabelos, o sol artificial – lâmpadas de ultravioleta suave brilhando por trás das nuvens? – na pele. E então, diz, principalmente para si mesma, mas alto o bastante para que Donato e Gung-hee consigam ouvi-la:

– Acho que vou ser feliz aqui.

Enquanto se pergunta, em silêncio: *a que preço?*

Fase II

Interlúdio – Hong Kong

COMETA UM CRIME, e o mundo é feito de vidro. Cometa um crime, e é como se uma fina camada de neve tivesse caído sobre o chão, igual à que revela, nos bosques, os passos de cada perdiz, raposa, esquilo e toupeira.

Ralph Waldo Emerson escreveu isso há quase trezentos anos, pensa o inspetor de polícia Fong Tao, *e as palavras nunca foram tão verdadeiras quanto hoje.*

Este é um mundo onde o governo pode entrar na sua cabeça a qualquer instante; e o vidro do mundo não é apenas transparente, mas também quebradiço, pontiagudo, cortante.

Traiçoeiro.

O vento gelado que sopra da terra para o mar faz com que as abas do sobretudo de Tao se enrosquem em suas pernas como algas negras em um pesadelo de afogado. Faz com que as longas lapelas triangulares, erguidas para proteger a nuca e o pescoço, tremulem como flâmulas alegres em torno de seu queixo.

O vento carrega o cheiro de lixo do cais para o oceano, mas não basta para obliterar o odor de óleo e esgoto que se eleva da água junto ao ancoradouro. O homem no sobretudo se vê envolto por vapores úmidos que atacam suas narinas quase ao ponto de privá-lo do olfato.

E então uma aguilhoada – curta, mas intensa – se faz sentir em seu dente do siso superior esquerdo. É o alarme, o sinal de que o cronômetro do mediador detectou a chegada da meia-noite. O breve esgar de dor dá lugar a um sorriso irônico, enquanto Tao, mais uma vez, se dá conta do melodrama em que está envolvido – à zero hora, sob a lua nova, num velho cais.

Como combinado, acende um cigarro, deixando que a luz discreta da brasa vermelha anuncie sua presença para quem quer que o esteja observando. Trinta segundos se passam. Um minuto. Dois.

E então, sem aviso, as águas fétidas junto ao ancoradouro se partem para dar passagem a algo que vem do fundo. Uma boia – uma esfera de metal, do tamanho de um pequeno automóvel e que balança na água, para a direita e para a esquerda, para cima e para baixo, até estabilizar-se.

Com um som que é pouco mais que um silvo hidráulico, a parte superior da esfera se recolhe, como uma persiana metálica, revelando o interior. A noite é escura, mas há um brilho discreto, cor de âmbar, emanando de dentro do hemisfério aberto.

Na há ninguém ali.

Jogando o cigarro aceso na água, Tao salta para o interior da luz dourada. A persiana de metal se fecha sobre sua cabeça antes mesmo que a esfera termine de compensar o súbito impacto dos noventa quilos de policial caindo de mais de um metro de altura, e o estranho veículo logo volta a ser engolido pelas águas.

– Bem-vindo, inspetor Fong – diz uma voz feminina, a primeira que Tao ouve ao acordar; ao mesmo tempo, na verdade, em que se dá conta de ter acordado.

Anestésico misturado ao ar do submarino, pensa, enquanto espera a vista clarear. *Essas pessoas não estão de brincadeira.*

– Meu nome é So-hee – prossegue a voz. Tao finalmente consegue firmar a visão: o que tem diante de si é uma jovem oriental, bela, mas não chinesa, vestindo roupas brancas, calça e camisa, recém-lavadas mas ainda assim encardidas, com o tipo de sujeira que penetra nas fibras e não sai sem que o traje seja incinerado no processo.

– Espero que possamos fazer negócio – diz o inspetor, pondo-se em pé. Ele estava deitado num divã de couro gasto. O aposento onde se encontra é uma sala de paredes tão brancas e encardidas quanto a roupa de So-hee, e sem janelas. Não há sinal do pequeno submarino esférico, nem do mar.

– Eu também – So-hee abre um sorriso surpreendentemente cordial. – Venha.

Enquanto a acompanha, Tao testa as conexões de seu mediador. Tudo o que consegue é estática. Em seguida, usa seu privilégio especial de investigador policial para enviar um breve sinal secreto de reconhecimento diretamente para o equipamento de So-hee, algo que lhe permitira extrair alguns dados superficiais do mediador dela, sem que a mulher percebesse estar sendo sondada. De novo, nenhuma resposta.

– Tentamos manter nossa central de operações sob isolamento total – diz a mulher, como se lesse os pensamentos do visitante. – O senhor certamente entende a necessidade. Afinal, estamos em violação direta das normas do tribunal eclesiástico e da concordata chinesa com a Quinta Revelação.

– Sempre achei que vocês estivessem em toda parte – responde ele. – Nas tendas dos manipuladores de Qi, com os iogues, nas barracas de acupuntura, com os cirurgiões de rua...

– E entre os vendedores de testículos de tigre, chifre de rinoceronte e pele de albino? – So-hee ergue as sobrancelhas. *Escandalizada*, pensa Tao, *mas não muito*. – Confesso que alguns desses... empreendedores... são nossos agentes, mas não todos. O fato, porém, é que os tribunais empurram o povo para os braços dessa gente.

O inspetor encolhe os ombros. O argumento é antigo: ao decidir quem terá, ou não, acesso à medicina científica, os tribunais eclesiásticos estimulam um pujante mercado clandestino de charlatões e açougueiros.

Por outro lado, diz o contra-argumento, charlatões e curandeiros são uma tradição antiga tanto no Ocidente quanto no Oriente, e os tribunais são parte do Preço divino que, pago, evita grandes tragédias.

– Trabalhamos com os mais bem-intencionados – diz a mulher. – E até os mais cínicos, às vezes, têm coração suficiente para encaminhar os casos realmente graves para nós. Na maioria, crianças.

Como Wen, pensa Tao. Que, de repente, sente-se muito sozinho e pergunta a si mesmo, não pela primeira vez, se esta missão não é, na verdade, um teste criado pelo comissário Loh para sondar sua lealdade.

A ideia de um teste faz com que se lembre, de repente, de ativar o software Testemunha, o programa do mediador que gravará tudo que vê e ouve num padrão válido como evidência judicial. Ele havia entrado na boia com o Testemunha desligado, temendo que a atividade extra em seu mediador fosse detectada de alguma forma, mas agora, o inspetor acredita, esse nível extremo de cautela não tem mais sentido. A mera imagem do rosto de So-hee já validaria a investigação inteira.

Transmitir pode ser impossível, mas se Tao conseguir sair deste lugar – se sua *cabeça* sair –, Loh terá muitas, se não todas, das provas de que precisa.

Concentrando-se na cena ao redor – pouco mais que um corredor branco, com uma luz fraca filtrando-se pelo teto translúcido e sons indistintos vindo de algum lugar adiante – o inspetor tenta, mais do que tudo, não pensar em Wen.

Um mês antes de entrar na esfera âmbar, Tao aguardava, em silêncio e em posição de sentido, que o comissário Loh dirigisse-lhe apalavra. Sentado atrás de sua escrivaninha, o chefe da polícia de Hong Kong manipulava, com luvas brancas imaculadas, os signos, cores, ícones e hologramas que surgiam e desapareciam, seguindo algum ritmo secreto, sobre o tampo de vidro negro.

O comissário certamente poderia administrar o departamento de polícia tão bem – talvez até melhor – a partir do espaço virtual de seu mediador, mas a escrivaninha, com sua interface primitiva, era uma peça tradicional, que já servira a uma longa linhagem de comissários: simbolizava o posto quase tanto quanto as insígnias de flores, estrelas e espadas de prata nas dragonas.

Além disso, dava a Loh a oportunidade de parecer genuinamente ocupado enquanto mantinha jovens inspetores ansiosos em posição de sentido por dois ou três minutos.

Subitamente, o comissário sobrepôs as mãos, paralelamente, diante do peito – era como se estivesse segurando um cubo invisível de uns quinze centímetros de lado – e, no mesmo instante, luzes e formas pararam de piscar no tampo da mesa.

– Descansar – disse ele, enquanto, dando a cada dedo uma dose de meticulosa atenção, retirava as luvas – sente-se, inspetor Fong.

Ele se sentou.

–Imaginei que o senhor gostaria de saber – disse o comissário, sem olhar Tao diretamente nos olhos – que fui consultado pelo tribunal eclesiástico, por conta de um problema familiar seu. Algo relacionado ao coração de seu filho, se bem me lembro.

O coração de Wen, pensou Tao, enquanto seu próprio coração parecia bater diretamente de encontro ao fundo da boca, *o coração imprestável que leguei a meu filho.* Ele se lembrou dos exames, dos testes genéticos que haviam determinado a origem da doença. *Meu sangue venenoso, minha carne indigna.*

– Wen precisa de um transplante – disse o inspetor, mantendo a espinha ereta de encontro ao espaldar da cadeira, o olhar firme. *Compostura, Fong Tao, compostura.* – Por isso, apresentei uma petição ao tribunal. Sinto muito se a investigação eclesiástica chegou a incomodá-lo...

O comissário dispensou o pedido formal de desculpas com um aceno da mão esquerda, como quem afasta um floco de poeira ou um grão de pólen no ar.

– Qual a idade do menino?

– Wen tem oito anos, senhor.

– E está doente desde quando?

– A condição é congênita – toda a força policial sabia da história. Por que o comissário fingia desconhecer os detalhes? *Talvez para separar fatos de boatos*, pensou o inspetor. – Mas agravou-se nos últimos meses.

– Os funcionários do tribunal me pediram referências suas, e forneci as que me pareceram adequadas a seu desempenho da força – enquanto ouvia as palavras do comissário, Tao gritava por dentro: *E que referências foram essas, seu maldito velho sádico?* – Mas, extra-oficialmente, fui informado de que a tendência da corte é rejeitar sua solicitação.

– Por quê? – em qualquer outra situação, a pergunta poderia ter soado impertinente: quem era ele, um inspetor, a exigir explicações do comandante da força? Mas a situação transcendia os ditames da mera hierarquia policial, transcendia, até mesmo, a milenar tradição chinesa de reverência perante a autoridade: mais antigo do que a China era o instinto de pai.

Foh acenou com a cabeça, como se reconhecendo que a quebra de protocolo representava um privilégio de Tao, dadas as circunstâncias.

– Primeiro, porque eles sabem que você procurou tratamentos não-autorizados antes de buscar a sanção da Quinta Revelação.

– Mas foram apenas chás, e ervas, e alguns exercícios. Isso não...

– Esta briga não é comigo, Tao. É com eles. Mas o segundo motivo é, na verdade, mais forte: para autorizar o transplante, é preciso contar com a morte de outra criança. Não é? A única forma de pôr um coração novo no peito do pequeno Wen seria se outro menino de oito anos, filho de outro pai, morresse...

– Acidentes acontecem – disse Tao, fechando os olhos com força. – O tempo todo, em toda parte. Acidentes acontecem. Eu não quero que aconteçam, eu não gosto quando acontecem, mas às vezes é a vontade de Deus, e...

– Não gosta, mesmo? Nem se um deles significar a vida de seu filho?

O inspetor não deu resposta.

– Vê? É o dilema ético em seu peito que impede o tribunal de aceitar seu pedido: eles não querem impor a você o pecado de regozijar-se com o sofrimento alheio. Mas...

– Mas?

– Mas me disseram que talvez haja um modo de você expiar o pecado. Antecipadamente.

– Chegamos – diz Song-hee.

A voz da mulher traz o inspetor de volta ao presente. Ele se dá conta de que o ar ao redor é muito frio, e tem uma qualidade picante, que causa um formigamento das narinas e na ponta da língua. Um produto para matar os germes, talvez.

O corredor que estivera percorrendo deu lugar a uma área mais ampla, circular, repleta de tanques plásticos e metálicos interligados por tubos. A luz é estranhamente esverdeada, e há uma bancada central, branca, polida como um espelho. Estruturas tubulares pendem do teto a intervalos regulares, pintadas, cada uma, numa cor característica: azul, verde, amarelo...

– Aqui – diz So-hee, apontando para o tubo rosado. – Pode olhar neste... É uma combinação de microscópio e periscópio – explica ela, diante da expressão de surpresa no rosto de Tao. – Permite ver o que se cultiva em cada tanque. As imagens passam por um certo tratamento digital, mas o fluxo é, majoritariamente, analógico. Prismas, lentes e espelhos. Sem máscaras ou mentiras.

O inspetor encontra a peça ocular do periscópio e encosta o rosto no anteparo de borracha que veda toda a luz vinda do exterior. Seu campo de visão é preenchido pelo que parece ser um espaço plano e incolor – talvez levemente avermelhado – mas que aos poucos, conforme seus olhos se acostumam, ganha textura: não é um plano perfeito: tem rugosidades sutis, mas perceptíveis, e uns poucos pontos mais densos, escuros. É quase uma paisagem, a topografia de um mundo devastado vista de longe, dunas e crateras na superfície de um Marte desbotado.

Sem aviso, a paisagem salta. Uma vez, em direção à lente, não como solo durante um terremoto, mas como um todo orgânico, uma coisa viva e faminta que quisesse devorar os olhos de Tao.

O inspetor reage instintivamente, jogando a cabeça para trás. No mesmo instante, sente-se um tolo e, antes que So-hee peça, volta a apoiar a testa no anteparo de borracha.

Há um novo salto da paisagem, agora, ele vê, seguido por uma curiosa retração, como a de um elástico repuxado. E mais um salto. Nova retração. Salto...

Não se trata de uma paisagem e rocha e areia, mas de uma membrana. E ela não está saltando, mas pulsando. Batendo. Batendo como um...

– Este é o nosso cultivo de células cardíacas – diz So-hee. – Aqui, podemos construir um coração novo para o seu filho.

Depois de receber a missão, Tao mergulhara de vez no submundo das curas duvidosas, das promessas exageradas, da perversa ecologia humana de predadores e carniceiros que floresce em torno do amor transformado em desespero.

Se antes suas perambulações haviam-no mantido na superfície desse submundo – num universo de vovós que cultivavam antigas ervas no sótão e de charlatões patéticos que mentiam mais pra si mesmo do que para os próprios clientes – agora ele chegava aos antros de ópio que vendiam o escarro de profetas drogados como se fosse a seiva da Árvore da Vida; aos assassinos impiedosos que destilavam um álcool tóxico de raspas de madeira e aparas de papelão, vendendo-o em frascos rotulados de "Lágrima de Anjo".

Nesses círculos, não havia como sua situação peculiar – um inspetor de polícia buscando, fora da lei, a salvação do próprio filho – deixar de chamar atenção. Os embusteiros de metodologia daninha, cujos remédios invariavelmente matavam, cegavam ou aleijavam, evitavam-no, temendo a vingança da lei. A maioria tratava-o bem, só para concluir, após um longo discurso, que suas técnicas eram inadequadas, ou inaplicáveis, ao caso.

Outros recomendavam-lhe os serviços de feiticeiros, filósofos e paranormais "autênticos". Porque há círculos dentro de círculos no submundo, uma espiral descendente de promessa, esperança e ilusão, estágios e estações onde vivem mistificadores a quem até mesmo os impostores mais tarimbados recorrem em caso de necessidade.

E isto me trouxe aqui, finalmente, pensa Tao. *A este periscópio, olhando para uma massa de células que pode nem estar ali. Pode ser um filme, uma gravação, um desenho animado.*

Mas algo lhe dizia que não, que este era o lugar, que a promessa de So-hee era autêntica. Não apenas por conta dos dossiês que o comissário lhe enviara para estudar, mas porque, diferente dos demais curandeiros, So-hee e seus colegas jamais haviam escondido o fato de que esperavam algo de substancial em troca de seus serviços.

Não usavam a linguagem comum os charlatões, não falavam em "doações espontâneas", "generosidade ditada pela consciência", sequer mencionavam "sacrifícios necessários" ou "provas de fé". Eles sabiam que ele não era um homem rico, mas que era um policial, e esperavam que usasse o cargo – e os privilégios do cargo – para remunerá-los com informações, favores, pequenas traições.

Sabiam que era um policial, e sabiam o que lhes custaria se cometessem um erro. Também deviam saber, portanto, que não falhariam em salvar Wen, se Tao lhes desse a oportunidade. Se aceitasse pagar.

O inspetor Fong Tao se deu conta de que era hora de reavaliar suas lealdades.

A cortina, feita de pequenos sinos dourados e contas coloridas, canta e farfalha quando Tao a atravessa, afastando os fios sobrecarregados de música e enfeites com um gesto delicado da mão. O encontro seguinte com os pelagianos – como o grupo de So-hee se refere a si mesmo – ocorre na superfície, na cidade, em meio às multidões. Às claras.

Ou quase.

O lugar onde o inspetor entra é uma mistura de açougue e peixaria. A vitrine externa exibe os tanques com moluscos e crustáceos vivos, enquanto que do teto, junto à entrada, pendem embutidos de várias formas e aromas. O cheiro de água salgada logo dá lugar ao de ervas, açafrão e pimenta, que por sua vez é rapidamente substituído por um hálito gelado de sangue, à medida que o policial se aproxima do balcão onde ficam os cortes refrigerados de carne vermelha.

Ele passa pelo balcão e, sem que ninguém lhe dirija a palavra ou tente detê-lo, segue na direção de uma porta branca, marcada por duas impressões digitais de sangue antigo e um desenho do I-Ching: quatro linhas centrais contínuas, com uma linha quebrada no topo e outra, na base.

Hexagrama 28, Ta Kwo, grandeza excessiva, massa crítica: *A ponte é frágil. O melhor é caminhar, não importa a direção. Haverá sucesso.*

Tao empurra e cruza a porta, que se fecha sozinha, silenciosamente, às suas costas.

Do outro lado há um corredor e um homem de barba e bigode ralos, com luvas, botas e um avental de plástico, segurando um facão sobre uma peça de carne gordurosa, apoiada num cepo. O homem golpeia e perscruta a carne atentamente, como se tentasse ler mensagens nas nervuras brancas das camadas – páginas? – reveladas pela lâmina. *Um novo tipo de oráculo*, pergunta-se Tao, *ou um muito antigo?*

Mas o policial não se detém ali e, ignorando o açougueiro-adivinho, segue pelo corredor até chegar à entrada da câmara frigorífica. A porta pesada recua, silenciosa, para dentro da parede ao ser tocada.

Carcaças de porcos, caudas de tubarão, enormes paralelepípedos rosados de carne de baleia pendem de ganchos no teto. A respiração do inspetor, condensada pelo ar da câmara, precede-o como um arauto fantasmagórico.

So-hee já está lá. Mais uma vez, o mediador do policial não consegue contato, mas ele logo a vê. Desta vez, vestida de vermelho. Parada, quase chega a se confundir com a mercadoria ao redor. Tao se aproxima, imaginando por onde a mulher teria entrado.

Os pelagianos, reflete ele, têm acesso a passagens e portas que a polícia e seus informantes desconhecem.

– Você trouxe? – pergunta ela.

Esforçando-se para que o gesto pareça espontâneo e despreocupado, o inspetor põe a mão por dentro do paletó, trás da lapela, como se buscasse algo no bolso interno. So-hee espera, ou deve esperar, que ele retire dali uma cartela de polímero do tamanho de um cartão de visitas, contando duas manchas, uma de sangue e uma de saliva, as amostras necessárias para dar início à construção no novo coração de Wen.

Mas a mão do policial ignora o bolso – que, de qualquer modo, está vazio – e vai mais fundo, rumo ao coldre oculto sob a axila. A arma está em sua mão e apontando para a mulher assim que ele passa pelo último torrão de baleia que os separa e os se encontram cara a cara.

– Você está pre... – diz ele, e antes que a sílaba final deixe seus lábios ela não está mais lá, a arma não aponta para nada além de um quarto traseiro bovino a três metros de distância e em seguida Tao está caindo, sua cabeça batendo de encontro ao piso gelado. Enquanto registra a dor e vê a arma escapar e sua mão e deslizar para longe, ele entende o que aconteceu: So-hee flexionou um joelho ao mesmo tempo em que esticava a outra perna e girava o corpo. *Uma rasteira*, pensa ele. *Derrubado por uma rasteira de merda. A rasteira ais rápida que já vi. Ou não vi.*

Então, tiros, e o policial que aguardava no corredor, disfarçado como açougueiro-adivinho, corre, de arma em punho, na direção de uma mulher de vermelho, caída entre ganchos que sustentam um conjunto de costelas que parece um sorriso torto de dentes sujos e um tubarão banguela esfolado.

Antes que o outro agente alcance So-hee, Tao está em pé, e também corre na direção da mulher caída, ao mesmo tempo em que apalpa um pouco a cima da nuca, sentindo a pele tenra por baixo dos cabelos, no ponto de impacto com o piso.

A onda de calor pega os dois policiais de surpresa. O falso açougueiro cai para trás, gritando, pequenas chamas alaranjadas consumindo barba, bigode, sobrancelhas. O inspetor, mais distante, sente o pulso como um vento quente que arde nos olhos e nos pulmões e faz com que estar de paletó se torne, subitamente, muito desagradável.

Quando chega ao lugar onde deveria estar a mulher, o que vê são ossos queimando até só restarem cinzas, e cinzas que ardem até só restar uma mancha escura no chão.

O tubarão, as costelas e outras peças de carne próximas estão com as camadas mais externas malpassadas.

Olhando para mancha, Fong Tao pensa no pequeno Wen, pensa no que o comissário Loh dirá à corte eclesiástica sobre o resultado da missão – o um fiasco, porque ninguém foi preso e interrogado? Um sucesso, porque uma figura-chave da quadrilha morreu? – , e pergunta a si mesmo se, deixando-se seduzir pelo chamado do dever e da honra, não teria vendido a alma para o diabo errado.

10. Ilha da Paixão

O NOME OFICIAL é Île de la Passion, "Ilha da Paixão", mas há séculos que o lugar é conhecido como Ilha Clipperton, por causa do bucaneiro irlandês John Clipperton, que em 1712 saiu dali com o *Success* (36 canhões, 180 homens) rumo a Guam, mas ao chegar ao porto – que pretendia saquear – estava tão bêbado que ficou jogado na cama, cantando canções de amor, enquanto os espanhóis bombardeavam incessantemente seu navio.

Depois desse fiasco e de uma crise de escorbuto que dizimou a tripulação, Clipperton acabou removido do comando do *Success*, num motim liderado por um certo tenente Cook. Mas, numa espécie de prêmio de consolação póstumo, seu nome terminou gravado nos mapas, se não exatamente na história, do Oceano Pacífico.

Lugarzinho miserável, pensa o comandante Taylor, da marinha mexicana, enquanto sua fragata *Quetzalcoatl* se aproxima dali. Clipperton, na verdade, sequer é uma ilha, mas um atol: um anel de areia e caranguejos com um ou dois coqueiros esquálidos, do tipo que se vê nos cartuns de naufrágio, que cerca uma lagoa profunda, de água tão salgada que nada vive ali – nada, exceto um grupo de cientistas teimosos.

Que, a esta altura, já devem estar mortos.

A missão da *Quetzalcoatl* é, oficialmente, uma de misericórdia: a pedido do governo francês – que tem soberania sobre o atol – a marinha mexicana irá procurar sobreviventes do furacão Delta, tratar dos feridos, levá-los de volta a Acapulco.

Taylor sabe, no entanto, que esta é, de fato, uma missão de contagem de corpos: o Delta havia surgido de repente, e de repente passara de depressão tropical a tempestade, de tempestade a furacão. Viera rápido demais para os alertas meteorológicos usuais e, para piorar, não havia sido previsto pelo Santuário.

Por um instante, Taylor imagina-se comandante de um outro tipo de navio, um feito de madeira, não plástico e metal, enviado ao atol séculos atrás para dar cabo, na ponta da espada, dos fora-da-lei que infestavam as águas da costa mexicana e libertar um nobre – uma duquesa, talvez? – feito refém pelos carniceiros dos mares.

No século 18, minha família ainda nem tinha emigrado para o México, pensa ele, balançando a cabeça, repreendendo-se pela fantasia romântica. *E se puder passar minha carreira militar inteira sem precisar matar ninguém, vou me dar por feliz.*

– Comandante! – a voz que chama Taylor pelo mediador é a da tenente Székely, encarregada dos sistemas de imageamento. – O satélite finalmente conseguiu penetrar as nuvens. Parece pior do que esperávamos.

Pior?!

– Transmita – ordena Taylor, grato pela rede militar que permite que transmissões de dados ponto-a-ponto aconteçam como se fossem telefonemas simples, sem a necessidade ridícula de expor antenas e interfaces a cada tentativa.

A imagem que chega ao mediador de Javier Taylor mostra um retângulo escuro, com um anel brilhante ao centro. O interior do anel é quase tão escuro quanto o retângulo externo.

A interpretação é simples: o oceano escuro, o atol brilhante, a lagoa salgada, também escura. Só que Taylor sabe que não deveria ser assim: os cientistas tinham uma base lá, um laboratório suspenso sobre um pequeno golfo que existe dentro do lago interno: um braço de água, preso entre duas pinças de praia que se projetam lagoa adentro, junto à extremidade sul da ilha. Para o olho do satélite, esse laboratório deveria brilhar tanto quanto a areia.

Mas não há nada.

O comandante examina detalhadamente a imagem, em busca de sinais da catástrofe – destroços flutuando na água, um contorno que possa ser interpretado como um cadáver, ou cadáveres, boiando na lagoa.

– Nada feito, senhor – diz a voz de Székely. – Os outros pontos luminosos são pontas de corais, ou a espuma do mar. Há alguns destroços no extremo norte da ilha, no entanto.

– São arqueológicos – diz o comandante, complementando sua interrupção verbal da tenente com um gesto que ela, dentro da central de comando, não tem como ver. – Uma estação meteorológica abandonada, do século 20.

– Como pode? Parece...

– Vamos esperar para ver, tenente – afirma Taylor. – Não adianta nada tentar adivinhar. Logo teremos certeza do que aconteceu, de um jeito ou de outro.

O Sol queima forte, seus raios mais intensos filtrando-se pelo mormaço e neblina que cobrem o atol, ora abrindo, ora bloqueando a visão do céu. Há pouca vida ali. Taylor sabe que a lagoa central é estéril – além de a água ser salgada demais em toda a extensão, é ácida no fundo.

O comandante se surpreende, no entanto, ao ver alguns lagartos nadando no mar, ao redor da ilha: as quatro patas rentes ao corpo, e a cauda, achatada nos lados, batendo na água como o corpo de uma enguia. Ele imagina reconhecer a espécie: *Amblyrhynchus*, descrita por Charles Darwin, em *A Viagem do Beagle*, como exclusiva das Ilhas Galápagos, muito distantes dali, muito mais ao sul.

Bem, pensa o oficial, *Darwin escreveu antes de as geleiras derreterem.*

Javier Taylor está no alto do Rochedo Clipperton, o ponto culminante da ilha, cerca de 30 metros acima do nível do mar. Dali, ele imagina, quase conseguiria ver a outra extremidade do atol, se o céu estivesse mais claro.

A lagoa interna não é exatamente circular, mas seu diâmetro médio é de cerca de quatro quilômetros.

O Rochedo Clipperton, negro, quebrado, incrustado de areia e sal, parece a ruína de um castelo. *O Castelo de Drácula, para ser mais preciso*, pensa Taylor, lembrando-se, numa espécie de jogo involuntário de livre-associação, que a família da tenente Székely é originária da Hungria.

O rochedo domina uma das pontas da pinça de terra que define o pequeno golfo da lagoa interna, onde a base dos cientistas deveria estar. A outra ponta, *Le Crochet* ou "O Gancho", praticamente toca o ponto mais raso da lagoa, um círculo de rochas e recifes que ficam a menos de dois metros de profundidade. No centro exato desse círculo fica o *Trou San Fond*, "Buraco Sem Fundo", um fosso de mais de 90 metros de profundidade, e acidez extrema. O lugar que os cientistas estavam, ou deveriam estar, estudando quando a tempestade chegou.

Subitamente, Taylor começa a ouvir um zumbido, como o de uma abelha, e sente a rocha tremer, ou pulsar, sob seus pés. Não como num terremoto: lembra mais a vibração de um motor.

A princípio, o som traz à mente do comandante outra parte do livro de Darwin, desta vez a respeito do modo engenhoso com que alguns insetos conseguem atravessar grandes trechos de oceano e chegar a navios e ilhas distantes do continente.

Mas logo fica claro que não se trata da música natural de um ser vivo. Nenhum inseto jamais produziria um som assim, a menos que tivesse finas lâminas de aço no lugar das asas.

O ruído não é especialmente alto, ou irritante, mas preenche, de fato isola, a atmosfera local.

Ele efetivamente abafa o conjunto de sons incidentais, o vento na areia ou as ondas do mar sobre as pedras, as notas naturais que deveriam se unir para criar o silêncio dinâmico desta parte da ilha. O zumbido assume esse papel. Torna-se o silêncio.

– Senhor! – é a voz de Székely, chamando. A tenente está na ponta de *Le Crochet*, e olha fixamente na direção da parte rasa da lagoa. – Aqui!

As imagens transmitidas pelo mediador da tenente logo começam a chegar ao do comandante, que trabalha para sobrepor a visão em *close* à vista em perspectiva que Taylor tem da situação, a partir do alto do rochedo.

O comandante vê que um cabo está sendo puxado, por algum tipo de mecanismo, para o interior de algum tipo de caixa ou mecanismo enterrado sob a areia, e a uma velocidade considerável.

Concentrando-se nas imagens enviadas por Székely, Taylor logo reconhece o material, uma trama de carbono e silício construída praticamente átomo a átomo. Virtualmente indestrutível. Caro demais, por exemplo, para a Marinha mexicana.

– Mas o que...

Antes que a pergunta termine de sair de seus lábios, Taylor ouve a comoção entre os marinheiros. O comandante então volta sua atenção para a perspectiva mais ampla e vê que o cabo já está esticado o bastante para ser visível acima da linha d'água.

Mas o que realmente está chamando a atenção dos marujos são oito hastes, envoltas em cabos e pistões que, dobradas, surgem de sob a água que cobre as rochas e recifes ao redor do Buraco Sem Fundo.

É como os dedos de uma mão se agarrando à beira de um precipício, compara Taylor, para em seguida escolher uma metáfora melhor: *como as patas de uma aranha.*

E então, no tempo de seis batimentos de um coração cauteloso, juntas de plástico e cerâmica flexionam-se, pistões distendem-se, cabos desembaraçam-se e ganham tensão, enquanto as hastes se desdobram e, por fim, o corpo oval da aranha emerge do *Trou San Fond.*

11. Fatwa

A "ARANHA" ERA a estação de pesquisas científicas, uma base anfíbia que havia submergido no Buraco Sem Fundo até que a tempestade passasse. Sorte? Não. *Fomos avisados*, havia dito o cientista-chefe da expedição, um homem chamado César. Avisados por quem? *Por ele*, dissera César, apontando para um homem calvo, de olhos azuis, que vinha descendo pela plataforma de desembarque que ligava a massa oval da estação a *Le Crochet*.

O homem que depois havia se apresentado como "Capitão Morgan".

Madre Mônica levanta os olhos do relatório e contempla o espaço ao redor. Esta é sua cela, seu escritório privado. Localizado numa das alas mais externas do Santuário, o lugar tem uma gravidade quase igual à terrestre, graças à rotação constante da estação espacial.

Quase igual mas, ainda assim, menor. Mônica conhece bem os efeitos: seu corpo é mais alto, mais magro do que seria na Terra. Seus ossos são mais frágeis, seu coração bate mais devagar. Seus músculos, mais fracos.

Ela também aparenta menos idade do que tem. Este é um dos motivos que levam Mônica a manter uma espécie de museu particular neste escritório: para que o espelho não a engane. Ao menos, não por completo. Aqui, ela tem um registro de tudo o que aconteceu nas últimas décadas.

E não só das décadas, mas de antes ainda: emoldurados nas paredes, ao lado de gráficos tirados de trabalhos recentes de Rafaela Tagliferro (em breve, *Santa* Rafaela, Mônica espera, ardentemente), há artigos científicos de quase duzentos anos sobre como campos magnéticos, aplicados ao cérebro de macacos, haviam tornado os animais capazes de manejar simuladores de voo como se fossem pilotos experientes.

Desligado o magneto, os pobres chimpanzés não tinham a menor ideia do que haviam realizado, ou como.

Outros itens em exibição – uma mostra particular, já que poucos tripulantes do Santuário sequer sabem da existência deste escritório – são protótipos das primeiras coroas-mestras, a tecnologia que havia nascido, lentamente, demoradamente, do germe plantado pela experiência com os macacos.

Tecnologia em que Augusto e Mônica haviam sido pioneiros. Que Augusto e Mônica tinham elevado a alturas insuspeitas. Insuperadas. Inigualadas.

Até agora.

"Fomos avisados", havia dito o cientista-chefe da expedição, um homem chamado César.

Este trecho do relatório não sai da cabeça de madre Mônica. É como se tivesse sido queimado a ferro atrás de seus olhos.

Fomos avisados.

Enquanto todos os cientistas se debruçavam sobre a aplicação de campos magnéticos ao cérebro como uma ferramenta de instrução, de adestramento – uma forma de transformar homens com fobia de dirigir em pilotos de Fórmula 1, desastrados em acrobatas, tímidos em máquinas de matar – Mônica e Augusto tinham enxergado mais longe. Na possibilidade de não apenas converter um tipo de cérebro humano em outro, mas de transformar o cérebro humano em outra coisa. Melhor. Mais eficiente.

Cem bilhões de neurônios. Um quadrilhão de conexões. O que se pode fazer com isso?

Um computador perfeito, para começo de conversa. Um poder de processamento indescritível. Um potencial para cálculos paralelos inigualado, talvez inigualável, pela tecnologia.

O suficiente para, por exemplo, prever o futuro. Porque o acaso não existe: quando se joga uma moeda para o alto, o que torna impossível prever se sairá cara ou coroa é o número das variáveis envolvidas: o peso da moeda, as irregularidades da superfície, a força do arremesso, a posição, a massa, a velocidade, de cada molécula no ar.

Nenhum computador é capaz de absorver todos esses números. Nenhum computador é capaz de realizar todos os cálculos.

Nenhum computador, exceto...

Eles haviam feito a experiência, usando Augusto como cobaia, a astronomia como modelo. O resultado tinha sido a previsão da vinda de Iblis. O cometa. As mortes. A destruição.

Depois de tudo que havia acontecido, Mônica se sentira culpada por não ter publicado os resultados a tempo de evitar a tragédia. Mas isso já é passado: ela sabe que culpar-se é uma tolice. Quem teria acreditado neles, afinal? E todo o bem que eles haviam feito desde então, todas as vidas salvas, as catástrofes evitadas. Não tinha valido a pena? Não estava, ainda hoje, valendo a pena?

Algumas vezes, responder à segunda pergunta é fácil. Outras vezes...

– Mônica? – a voz de Augusto ressoa no mediador da madre. – Venha cá. Tenho um édito e uma fatwa. A fatwa, sobre a situação no México. O édito, a respeito de Brunei.

– Brunei?

– Um dos menores países do mundo, com cerca de 6 mil quilômetros quadrados. Fica na costa da Ilha de Bornéu, no Sudeste da Ásia, que divide com partes da Malásia e da Indonésia. Ex-sultanato, proclamou a República há 50 anos. É governada...

– Obrigada pela informação – responde Mônica. Com o passar das décadas, Augusto vinha se tornando cada vez mais mecânico em suas reações, ao mesmo tempo em que desenvolvia um senso de humor cruel. Às vezes era difícil distinguir uma coisa da outra: o que era literalidade ingênua, mecânica, do que era simples sarcasmo. Às vezes, Mônica perguntava-se se realmente haveria alguma diferença. – Mas eu me pergunto o que esse país tem a ver com a questão mexicana.

– Você não leu o relatório asiático – não há sinal de surpresa ou reprovação na voz, apenas a constatação. – Fato: um homem calvo, de olhos azuis, identificando-se como "Capitão Morgan", disse ao presidente que o país será atingido por um tsunami.

– Não temos nunciatura em Brunei – responde Mônica. – O governo de lá não reconhece a Quinta Revelação. Como ficamos sabendo disso?

– Nossos inimigos não são os únicos que têm agentes secretos – diz a voz no mediador.

– Quando foi isso?

– Quase ao mesmo tempo em que o outro Morgan, aquele sobre o qual você, aparentemente, está informada, chegava ao México.

A madre sempre imaginara quanto tempo teriam até que alguma outra pessoa descobrisse o mesmo princípio "profético", deduzisse a mesma tecnologia. Agora, a caminho da Cátedra do Pontífice, ela questiona se, no final das contas, não haviam tido tempo demais.

"Fomos avisados", havia dito o cientista-chefe da expedição, um homem chamado César.

"Capitão Morgan". Uma escolha interessante de nome. Um pseudônimo, provavelmente. Uma alusão ao pirata? Talvez não. Relatórios posteriores, enviados da prisão para onde "Morgan" – o gêmeo mexicano de Morgan? – tinha sido levado, falavam que o homem referia-se a si mesmo, quando perguntado sobre sua origem, como "pelagiano". Bancos de dados rastrearam o termo a uma quadrilha de curandeiros clandestinos que atuava em Hong Kong e a uma heresia dos tempos do Império Romano, segundo a qual o homem não precisava da graça de Deus para se salvar.

Bastavam as boas obras e a força de vontade.

O autor da heresia, um monge conhecido como Pelagius, era originário das ilhas britânicas. Segundo algumas fontes, seu nome verdadeiro era Morgan.

Quanto ao *Capitão* Morgan, ele entregara aos militares mexicanos uma segunda previsão, bem mais dramática que a do furacão Delta.

Segundo ela, o monte Popocatépetl está à beira de uma trágica erupção. A 70 km da Cidade do México, a 40 km de Puebla, o Popocatépetl não é um brinquedo: uma erupção súbita ali poderia custar dezenas, talvez centenas de milhares de vidas.

Os sistemas de alerta geológico normais não acusavam nada além das flutuações de rotina no monte, mas era impossível descartar a possibilidade de um efeito em cascata, uma variação estatisticamente insignificante dando origem a perturbações capazes de arrancar o topo da montanha e fazer chover pedra e lava num raio de quilômetros.

Era exatamente para antecipar esse tipo de evento caótico improvável que servia a tecnologia da Cátedra.

O governo mexicano estava confuso: a previsão não tinha vindo do Santuário. Não era, portanto, a Palavra de Deus. Seria uma mentira do Anticristo? Um teste de fé?

Mônica percorre corredores da estação espacial que praticamente só ela conhece. A maioria dos técnicos que pensam conhecer o segredo por trás da Quinta Revelação acredita que a Cátedra do Pontífice, o lugar onde Augusto supostamente recebe suas revelações divinas, é algum tipo de supercomputador. E estão certos. Mais ou menos.

Com uma rápida genuflexão, a madre posiciona-se diante da porta dourada do Santíssimo, adornada com dois anjos de jade, de costas um para o outro, asas entrelaçadas. Simbolizando o passado e o futuro.

Em algum ponto do fundo de sua mente, onde ainda há espaço para a dúvida, ela se pergunta até que ponto Augusto acredita na mitologia que criaram, na Revelação e tudo mais. O simples formular, ainda que inconsciente, da questão envia um calafrio por sua espinha.

– Pode entrar, madre – diz a voz no mediador, ao mesmo tempo em que as portas douradas se recolhem para o interior da parede, automáticas e silenciosas.

– A canonização foi bem-sucedida? – pergunta Augusto.

–Não – responde Mônica. O Santuário havia tentado canonizar o Morgan do México e, assim, reivindicar o sucesso de sua previsão sobre o Delta para a Quinta Revelação. – Ele não parece ter um mediador.

– É uma pena – responde o Pontífice, enquanto as luzes da sala se acendem, reagindo à chegada de Mônica. – Repassei a série geológica, e a previsão dele sobre o Popocatépetl está certa. Duzentos mil mortos, no mínimo.

Mônica fecha os olhos. Ela já havia lido sobre os efeitos de uma erupção vulcânica em larga escala. A lava, as cinzas. Rocha vaporizada: um vento ardente que reduz tudo a pó, que funde a carne no osso e faz o sangue ferver, em segundos de agonia.

– E quanto a Brunei? – pergunta ela.

– Mesma coisa. Com menos baixas, é claro. Na verdade, a causa inicial dos dois eventos parece ser comum.

– O que vamos fazer?

– Sobre o México? Vamos reconhecer que a erupção está a caminho – responde Augusto. – Afinal, não adianta negar os fatos.

– O Santuário vai recomendar a evacuação?

– Como disse, tenho uma fatwa. Depois de reconhecer que a erupção está a caminho, cito um trecho de Mateus.

– Mateus?

– O Evangelho. Especificamente, este verso: *Quem quiser salvar a sua vida perdê-la-á; e quem perder a vida por minha causa achá-la-á.*

– O governo mexicano respeita muito a Quinta Revelação – afirma Mônica. – Mas, e a República de Brunei? Eles estão totalmente fora de nossa alçada. Não há como acobertar ou reivindicar uma profecia bem-sucedida feita lá.

– Sabia que desde a queda do sultão a Malásia espera um pretexto para a anexação? Bem, na minha condição de Mádi do Islã, acabo de assinar um édito nesse sentido. Entre a guerra e o tsunami, muito pouca coisa vai sobrar.

Agora que as luzes estão todas acesas, Mônica vê a Cátedra na plenitude da glória. É um computador, sim, com componentes que se espalham, em trilhas e curvas prateadas e douradas, pelas paredes e pelo teto, mais como um sistema vascular que como uma máquina.

Mas não se trata *apenas* de um supercomputador, como acreditam os técnicos. Certamente, não de um supercomputador comum.

Toda a rede de componentes parte de um cubo vermelho posicionado no centro da sala, e sobre o qual, numa redoma de vidro – a madre não sabe por que o pedaço de carne fica ali, exposto, se por vaidade ou como um lembrete, uma advertência – descansam, imersos em líquido nutriente, o cérebro e a medula espinhal de Augusto de Magalhães.

12. Capitão Morgan

COM MORGAN, TENTARAM todos os truques do manual: privação de sono; ciclos aleatórios de luz e escuridão; horários aleatórios de refeição; porções aleatórias nas refeições; gritos de dor e pavor vindos da cela ao lado; um carcereiro "bonzinho", que falava pausadamente, em tom compreensivo, e lhe oferecia chocolates e cigarros.

O problema é que Morgan também tinha lido o manual. Então, quando começou a sentir, a despeito de si mesmo, alguma simpatia por Muir – esse era o carcereiro simpático – o prisioneiro já sabia que se tratava de um efeito de guerra psicológica, e estava pronto para resistir.

Morgan também vinha acumulando pequenas vitórias, conquistas secretas que faziam fracassar a tentativa de desmoralizá-lo por completo. A primeira, e maior, tinha sido o fato de não terem encontrado nada de anormal em seu exame médico. A segunda, o fato de acreditarem que ele não tinha um mediador no cérebro.

Claro, Morgan tão tinha realmente *certeza* de nenhuma dessas coisas. Ninguém lhe havia dado os parabéns pelo ótimo estado de saúde, nem perguntado sobre a ausência de mediador. Mas o prisioneiro interpretava os sinais. Isso o tranquilizava: ele havia chegado a cogitar a autocremação antes de permitir os exames, mas tinha achado que continuar inteiro valia o risco. E a opção de queimar até as cinzas, e além, sempre estaria aberta para o caso de tentarem uma autópsia. Ou vivisseção.

Quanto às perguntas, eram sempre as mesmas: como havia chegado à Ilha Clipperton? Quem o levara até lá? Como sabia que a

Tempestade Delta estava a caminho? Quem o estava pagando para espalhar pânico entre os mexicanos, disseminando boatos infundados e irresponsáveis sobre a atividade do vulcão Popocatépetl?

Apenas a última pergunta o penaliza, porque significa que há vidas, muitas vidas, ainda em perigo. Que a questão de defesa civil virou uma briga política. Morgan quase consegue ouvir a voz de Donato no fundo de sua cabeça, falando "Eu te disse".

Mas, de resto, tudo segue de acordo com o manual. Guerrilha psicológica, lavagem cerebral, técnicas de interrogatório. Somando a isso tudo a comida insossa, chega a ser enfadonho.

Isto até o dia em que Morgan ouve uma voz, uma voz de mulher, gritando do lado de fora, ordenando que ele se afaste da porta. Segundos depois, uma explosão joga a porta metálica, e um pouco do concreto ao redor, cela adentro.

Em meio ao pó e fumaça que cobrem a entrada, Morgan vê vultos que lhe parecem, por algum motivo, vagamente militares. Então sente uma picada no abdome – ele é mantido seminu, outro truque do manual – e sabe que foi drogado.

Oh. Bem, pensa Morgan, antes de apagar, *isto aqui não estava no manual.*

Maria Székely, até pouco tempo atrás tenente da Marinha mexicana, agora desertora – em breve, se não já, procurada por terrorismo e sedição – observa o homem desacordado ao seu lado. A noite havia sido como um sonho ou um pesadelo, uma mídia de mediador: algo que se vê e se sente, algo que tem cheiro e música, mas que não é verdade.

A entrada no presídio naval de Acapulco, sob falso pretexto. O ataque aos guardas. A explosão da cela. A fuga, de helicóptero e caminhão, para além das linhas rebeldes, ao sul.

E o homem, Morgan, desacordado durante toda a ação. Um homem estranho: totalmente calvo, com poucos pelos no corpo. Magro, a ponto de parecer frágil.

Maria olha atentamente para ele, para os cílios, para as sobrancelhas ralas e os poucos pelos do peito, para uma veia saltada no antebraço esquerdo, o movimento ritmado da respiração. É uma atenção inclemente, absoluta, quase predatória. A mente de Maria sorve a realidade material do homem, tenta apropriar-se dela, aplicá-la à estranha irrealidade que se apossa de sua vida, desde...

Desde quando? Maria, Taylor e mais dois marinheiros tinham sido as únicas pessoas a ouvir a profecia original de Morgan, feita já a bordo da *Quetzalcoatl*. O estranho havia pedido ao comandante para retornar com a fragata ao México.

A tenente estava certa de que Taylor teria recusado o pedido, não fosse a seriedade absoluta com que César e os demais cientistas da base Clipperton haviam tratado, vinham tratando, o estranho. Os pesquisadores consideravam, piamente, que o alerta de Morgan salvara-lhes a vida.

Com a *Quetzalcoatl* ainda em curso, Maria transmitira um relatório preliminar sobre os acontecimentos ao Almirantado. Chegando ao porto, Morgan havia sido imediatamente preso por fuzileiros navais, enquanto que Taylor e a tenente haviam sido levados para o *debriefing*, a reunião de análise da missão – que, no caso, tinha sido mais um interrogatório. Do tipo francamente hostil: uma sala com luzes que ardiam nos olhos, cheia de homens e mulheres de patente indistinta e aspecto pouco saudável.

Antes que se desse conta, Maria havia sido posta em licença compulsória de 30 dias por "estafa", e proibida, sob o risco de ser acusada de traição, de comentar as previsões de Morgan com pessoal não-autorizado. Taylor recebera o mesmo tratamento, a segurança da base não permitira que saíssem juntos da sala e se encontrassem para conversar imediatamente após o final da reunião.

A família de Maria é de Monterrey, mas tudo o que ela tem lá são um irmão, a cunhada e três sobrinhas. Por mais que tenha simpatia pelas meninas, ela não havia visto razão para cruzar o país e deixar de aproveitar a licença ali mesmo, nas praias de Acapulco.

Dez dias depois, tomando café da manhã em um chalé alugado, de frente para a praia, Maria leu que um marinheiro – ela reconhecera o nome e a foto: o rapaz havia servido com ela no *Quetzalcoatl* – tinha sido morto num acidente de mergulho, decapitado pela hélice de um barco.

Maria se lembra de ter ficado inicialmente chocada, e depois um pouco entristecida, com a notícia, mas nada que a impedisse de sair para correr, nadar, tomar sol.

O que realmente a abalou foi encontrar um estranho no chalé, no fim do dia.

O homem estava sentado na mesa da cozinha. Armado.

– Você não vai querer tomar sua vitamina hoje – tinha dito ele.

Aquilo tudo era um pouco demais – um estranho (estranho? Não: era outro marinheiro do *Quetzalcoatl!)* – apontando-lhe uma arma, falando em vitaminas. A única coisa que Maria conseguiu fazer foi repetir as últimas palavras ditas pelo invasor, enquanto seu cérebro se ajustava à situação:

– Vitamina hoje?

Maria está prestes a disparar um alerta silencioso para a polícia, via mediador, quando o invasor chama sua atenção.

– Ali. Olhe. – O marinheiro apontou para a geladeira, e Maria viu que a porta estava aberta. A luz da lâmpada interna revelava uma pequena caixa preta colocada sobre uma das prateleiras. Duas luzes vermelhas piscavam na face superior da caixa que, Maria de repente se deu conta, emitia um estalo agudo, contínuo.

– Seu leite está radioativo – disse o marinheiro, num tom de quem explica o óbvio, antes de pôr a arma de lado, aparentemente satisfeito com o fato de que Maria estava apalermada demais para atacá-lo. – Estão matando todos. Todo mundo que sabe do que Morgan previu. Pierre foi o primeiro. Não foram nada discretos com ele: "Quando encontrardes os descrentes, decapitai-os", diz o Alcorão. "Descrentes". Ele tinha amigos entre os zapatistas, sabia? E agora tenho quase certeza de que já sumiram com o comandante, também.

Maria estava prestes a interromper o marinheiro – Suarez era seu nome, ela se lembrava agora – e dizer que tudo aquilo era absurdo, que se alguém havia colocado material radiativo (césio? polônio?) em sua geladeira, tinha sido ele mesmo, um louco, um maníaco... Até que ouviu falar no comandante e, praticamente no mesmo segundo, teve certeza de que o invasor dizia a verdade.

Soube disso ao notar o vazio no fundo de sua mente – um ruído branco em seu mediador. Comandante e oficial de imageamento, ambos mantinham, por necessidade profissional, e também por hábito e amizade, um contato mediador-a-mediador muito mais constante, íntimo e profundo do que o normal entre civis, mesmo entre amantes.

Mas o fato é que, se sua vida e carreira estão constantemente nas mãos de outra pessoa, se você depende dessa outra pessoa para obter as informações de que precisa para tomar decisões de vida ou morte, você vai querer manter um canal amplo, aberto e funcional com ela, o tempo todo.

E o mediador de Maria lhe disse que, do outro lado de seu canal especial com Taylor, já não havia mais ninguém.

De repente as pálpebras de Morgan tremem, a boca se move. Maria conhece os sinais: o convidado logo vai acordar.

– Estamos na República Zapatista Maia – diz ela, antecipando a provável primeira pergunta. – O subcomandante nos deu salvo-conduto. O efeito da droga deve passar em breve. Beba bastante água – ela aponta para um cantil pendurado em um prego enferrujado preso à parede, caiada de branco. – E prepare-se. Precisamos conversar.

Sem esperar resposta, Maria se levanta e sai do aposento. Morgan ouve a chave girar na fechadura da porta azul de madeira.

Ele olha ao redor. Certamente é um quarto mais espaçoso que a cela em Acapulco. *Estou subindo na vida*, pensa. Luz natural entra pela janela, uma moldura de madeira, também azul, dentro da qual se cruzam barras de metal, quase tão enferrujado quanto o prego que sustenta a tira de couro do cantil.

Só depois de contemplar longamente a dança de partículas de poeira num raio de Sol que Morgan se dá conta de que está reclinado no chão, sobre uma esteira de palha. Levantar-se faz com que seus joelhos estalem e traz uma onda de dor muscular, não de todo inesperada, ao redor dos ombros e nas costas.

A República Zapatista! Pegando o cantil, Morgan bebe um pouco de água e em seguida joga outro tanto sobre a cabeça, tentando obrigar-se a pensar. *O que eu sei sobre a República Zapatista?*

A primeira coisa, lembra-se ele, é de que não se trata de um país de verdade: é mais uma região autônoma dentro do México, onde o governo central não consegue se impor há quase 200 anos. Ou seria mais tempo ainda?

O governante quase nunca aparece pessoalmente na mídia (quando aparece, geralmente está mascarado, com um lenço sobre o rosto), e usa o título de "subcomandante" ("porque o verdadeiro comandante é o povo". Morgan lembra-se de ter lido o slogan numa camiseta europeia, anos atrás). O subcomandante, seu gabinete e suas forças armadas – guerrilheiros de quarta ou quinta geração – coexistem com as autoridades oficiais numa política de viva e deixe viver, às vezes tensa, às vezes, como no caso de campanhas de vacinação, de cooperação sincera.

Mais importante, o homem calvo sabe que há amigos de Donato em meio aos zapatistas. Parte do equipamento usado pra criar o holograma sobre Teerã tinha vindo da RZM. Morgan havia ido buscar alguns componentes lá, pessoalmente.

Ele esfrega água sobre os olhos, limpando-os, e bebe mais um pouco. Está terminando de girar a tampa para fechar o cantil quando se dá conta de vozes do lado de fora do quarto. Resolve testar a maçaneta, mas o aposento continua trancado.

Uma voz se eleva do outro lado, e Morgan ouve passos. Pouco depois, vem o som da chave girando. A porta se abre.

13. Operação Guadalupe

– ESTÃO FECHANDO AS ESTRADAS – diz Miguel, aparentemente o líder do grupo zapatista reunido na casa branca, depois de apertar a mão de Morgan. Os dois se conhecem: Miguel tinha sido um dos responsáveis pela entrega das peças produzidas na RZM e usadas no atentado de Teerã. – Nada muito ostensivo, ainda, mas a movimentação da polícia e dos militares está acontecendo.

– Vão prender as pessoas lá? Esperar o vulcão explodir e não deixar ninguém sair? Não faz sentido – reage Maria. – Eles devem estar se antecipando, preparando o resgate, a remoção...

Miguel balança a cabeça:

– Zapatistas são guerrilheiros, certo? Temos esse tipo de experiência há gerações. Sei reconhecer um cordão sanitário quando vejo. Isto não é uma operação de resgate. É um massacre.

– *Será* um massacre – diz uma terceira figura, um homem de cabelos e barba loiros, sujos. – *Se* a profecia se cumprir. Que garantias temos disso? Quem é esse tal de Morgan? Ninguém ouviu nada do Santuário a respeito!

– Você acredita – diz Morgan, entrando na conversa pela primeira vez, dirigindo-se diretamente ao loiro –, que as profecias que partem do Santuário vêm mesmo de Deus?

O homem dá de ombros.

– Bem, não vêm. Vêm de um computador. Até pouco tempo atrás, era o único computador capaz de fazer esses cálculos, de antecipar o futuro com precisão. Mas agora, existe outro. Minhas profecias não são minhas. São dessa segunda máquina. A tempestade em Clipperton foi nosso teste de campo. Ela provou que o aparelho funciona!

– Não provou. Pode ter sido uma coincidência – contesta o loiro.

– Os cientistas de lá estavam bem convencidos – responde Maria.

– O fato – diz Miguel – é que, se o governo mexicano não estivesse levando a profecia de Morgan a sério, para que o cordão sanitário?

O loiro balança a cabeça:

– Eu sei. Mas, se está levando a sério, por que o cordão, em vez de uma operação de resgate? O aviso veio com vários dias de antecedência! Ainda temos quase uma semana até a explosão. Se houver explosão.

Miguel esfrega o canto do olho:

– Temos fontes no governo, é claro, mas elas nos dizem muito pouco. Quando soubemos da ordem pra eliminar as testemunhas do *Quetzalcoatl*, já era tarde demais para ajudar Pierre. Só conseguimos alertar Suarez, que alertou Maria. Quanto ao capitão Taylor... O fato é que o assunto está sendo tratado diretamente no gabinete presidencial. Mas há boatos. Sobre uma fatwa. Um decreto, vindo diretamente do Pontífice.

Todos ficam em silêncio, até que Morgan, com um brilho estranho nos olhos, diz:

– Um Deus único é, por natureza, um Deus ciumento, que jamais permitirá que outra divindade viva.

– Por que você disse isso? – pergunta Miguel, intrigado.

– Na fui eu, foi Schopenhauer. Mas faz sentido, não faz? O mesmo vale para computadores profetas, suponho. Se o Santuário encarar uma segunda fonte de profecias como uma ameaça, ou concorrência, pode decidir punir quem der ouvidos a esse, com o perdão do melodrama, Anticristo. Talvez, até, exigir um sacrifício como prova de lealdade.

Maria balança a cabeça, incrédula:

– Uma população inteira? Só por despeito?

Morgan sorri, sem alegria:

– Lembra como termina a fábula do bezerro de ouro? *Assim diz o Senhor, o Deus de Israel: Cada um ponha a espada à cintura; e passai e tornai pelo campo de porta em porta, e mate cada um a seu irmão, e cada um a seu amigo, e cada um a seu próximo.* Êxodo, 32:27.

– Precisamos avisar as pessoas – diz Miguel.

– E espalhar pânico? – pergunta o loiro.

Morgan encolhe os ombros:

– Levei a informação diretamente às Forças Armadas, para evitar criar pânico. Veja o bem que me fez.

Maria tem uma ideia:

– Não poderíamos tentar afastar as pessoas do vulcão com algum outro pretexto?

– O que você sugere? – pergunta Miguel. – Inventarmos uma corrida do ouro em Tabasco? Quem garante que as pessoas vão seguir a pista? Pior, quem garante que o cordão sanitário vai deixar o povo passar?

Maria está prestes a dar uma resposta quando Morgan a interrompe, voltando-se para Miguel:

– Você ainda tem parte daquele equipamento que me forneceu no ano passado? Os diodos holográficos e o resto?

– Alguma coisa, estocada.

– E a religiosidade popular? A Quinta Revelação não engoliu de vez o velho catolicismo por aqui, espero, o culto mariano e todo o resto.

– Maria de Guadalupe ainda é um nome popular, se é isso que você quer saber – diz Maria, com uma careta. – E fiquem avisados, mato quem me chamar de "Lupe". Por quê?

– Porque vamos ter de fazer o povo sair, em ordem e sem pânico, e fazer com que os soldados abram o cordão sanitário, para deixar a multidão passar. Não faz sentido evitar um massacre pela lava só para provocar uma carnificina de pisoteamento e balas. E nisso, por mais que eu deteste admitir, acho só Nossa Senhora pode nos ajudar.

14. Martírio

A BIBLIOTECA DA CASA do coronel Fuentes cheira a cuspe, tabaco, plástico, canela e a algo que imita cera de abelha. O cheiro se acumula nas longas tardes em que o grande salão, de mais de cinco metros de pé direito, paredes cobertas de estantes repletas de livros, fica fechado. Sempre que abre as portas – Fuentes tem a única chave – a mistura de odores nunca falha em impressioná-lo.

E, por mais tempo que passe na biblioteca, o coronel jamais chega a se acostumar. É como se novas facetas, novas dimensões de umidade e amargor, estivessem a se revelar todo o tempo, lutando pelo primeiro plano.

O coronel às vezes se pergunta se, há cinco gerações, quando a madeira dos lambris e das estantes era nova, quando os livros eram novos, teria havido um aroma mais saudável, de cedro e de cola de encadernador, no ar.

Três pontos verdes piscam bem no centro do campo visual de Fuentes. É seu mediador, avisando-o de que a hora chegou.

Descansando o exemplar pesado de *De Bello Galico* sobre a almofada verde que reveste o tampo da escrivaninha, Fuentes segura o puxador de bronze, em forma de querubim, da gaveta maior, ao lado de seu joelho direito. Abre-a e retira dali uma Bíblia, encadernada em couro – uma fita de cetim vermelho marcando o capítulo 12 do Apocalipse – e a coloca, cuidadosamente, sobre o colo.

Quando a visão da mulher coroada, com o manto de estrelas e a Lua sob os pés, aparecera-lhe pela primeira vez, o coronel havia, literalmente, espumado de raiva – quem, afinal, tinha ousado criar um vírus de mediador a partir da imagem da Virgem de Guadalupe?

Mas, quase imediatamente, ele se dera conta de que aquilo não era uma ilusão. Não só porque a checagem automática e o antivírus do mediador tinham produzido relatórios negativos, mas também por alguma outra coisa – revelação, fé, intuição – uma verdade que era como uma mão fantasmagórica, atravessando-lhe o peito e arrebatando-lhe o coração.

A despeito de si mesmo, o coronel havia chorado e caído de joelhos. Mesmo agora, a simples lembrança do êxtase faz sua virilha formigar – e se a sensação lhe parece sacrílega, ele tem certeza de que será perdoado.

Porque a Virgem é puro perdão.

Aos poucos, a imagem se forma.

Como das outras vezes – esta é a terceira aparição – a Senhora surge em meio aos primeiros raios de Sol da alvorada, filtrados pela cúpula no alto da biblioteca, um vitral azul, vermelho e amarelo de São Miguel com sua espada e São Gabriel com sua trombeta, que reluz sobre o centro do salão.

– Mantiveste a vigília, como te pedi – diz a voz da Rainha, doce, tão doce.

– Estive aqui toda a noite, Senhora.

– Tua fé é forte, mesmo nestes tempos de tribulação.

– Vossas palavras muito me honram...

Fuentes está de joelhos, ao lado da escrivaninha. A Bíblia caiu de seu colo e está aberta sobre o tapete, na página marcada pelo cetim. Ele não se lembra como chegou a essa posição – se caiu, andou, rastejou. E não se importa.

– Uma grande tragédia foi destinada ao México, como teste de fé – diz a voz da Virgem. – A uma parcela do povo, seria pedido que morresse pelo Senhor.

– E morreríamos! – Fuentes esforça-se para não gritar. Uma das primeiras exigências da Rainha tinha sido que as aparições e diálogos fossem mantidos em segredo. – De bom grado, morreríamos.

Lágrimas quentes escorrem por seu rosto, lavam sua barba.

– Mas meu coração sangra com a dor que aguarda o povo mexicano, e intercedi com meu amado Filho. Revelo-te, agora, que o teste foi mudado: quando a montanha explodir, o povo não deverá ser molestado. Compreendes?

O coronel faz que sim com a cabeça. Ele não sabia que o Popocatépetl estava em vias de explodir. Ninguém lhe dissera isso. Ele só sabia que seus homens tinham ordens de impedir qualquer tipo de fuga em massa da população das imediações do monte. Qualquer fuga, sob qualquer pretexto.

O motivo da ordem realmente não lhe importava. Fuentes havia baseado boa parte e sua vida e de seu sucesso militar nos versos de Tennyson: "Não lhes cabe responder/Não lhes cabe imaginar o por quê/Cabe-lhes apenas obedecer e morrer".

– Mas não creias que o teste foi derrogado. Foi apenas transferido: os rios de lava, agora, correrão tanto pelas ruas quanto pelo teu coração.

O coronel sente-se inebriado. Se há algo correndo por seu coração, neste momento, é sangue contaminado por alegria, possuído de amor, convertido no vinho mais doce. Fuentes imagina compreender, finalmente, o que o salmista quis dizer com o verso "minha taça transborda".

Então, com um estrondo, tudo termina: o vitral em cúpula explode num furacão, parte-se em facas e flechas e vidro colorido que caem por toda a biblioteca, uma empalando a almofada verde da escrivaninha, outra perfurando a Bíblia aberta, uma terceira que rasga a orelha direita do coronel.

E caído, no centro do salão, um homem calvo, uma boca aberta que nada diz, olhos azuis muito arregalados, que não enxergam mais nada.

Quando o corpo irrompe em chamas, Fuentes começa a gritar.

Donato tinha detestado a ideia.

– Primeiro – dissera ele, durante uma teleconferência realizada por meio de servidores seguros baseados na RZM e de tecnologia exclusiva de Magoseong –, nosso propósito não é *enganar* as pessoas. Mentir para o "bem do povo" é a política do Santuário, não a nossa.

– Há vidas em jogo – respondera Morgan. – Muitas vidas. Que podemos salvar – "se respeitarmos a cultura local", ele havia se sentido tentado a acrescentar, mas conteve-se: lançar Donato numa onda de fúria não ajudaria em nada a resolver o problema.

– Segundo – prosseguira o líder –, é *previsível*. Se a Cátedra é capaz de modelar o efeito da pressão da luz do Sol na probabilidade de um asteroide vir a colidir com a Terra dentro de duzentos anos, ela é capaz de modelar decisões humanas. Você se esquece de que estamos jogando xadrez com alguém que lê mentes.

– Nosso adversário é capaz de modelar multidões ou povos inteiros. Não pessoas. A Cátedra não antecipou boa parte do que fizemos até agora. Não conseguiram evitar que Rebeca nos ajudasse, por exemplo.

– Porque sempre agimos quando o leque de opções era amplo, ou quando nosso objetivo era desconhecido para Augusto. Uma coisa é escolher um curso de ação entre vários outros igualmente prováveis... Por exemplo, soltar um vírus de mediador em Bangcoc, Buenos Aires, Cidade do Cabo ou Genebra. Qual o melhor lugar? Tanto faz. A Cátedra é incapaz de detectar a diferença, porque não consegue modelar cada mente humana individual. Mas outra coisa é fazer o óbvio, com um propósito óbvio, de forma óbvia. Isso é...

– E a nossa máquina? Ela previu o que eles vão prever? Ou isso tudo já ficou metafísico demais?

– A probabilidade de eles terem um modelo capaz de lhes dar uma boa ideia do nosso próximo passo, caso decidamos tentar salvar os moradores da área do vulcão, é de 75%, segundo Ma Go.

No final, Donato tinha sido voto vencido. Pela primeira vez em muito tempo, a própria Ma Go votara contra ele. Mesmo reconhecendo o risco, ela aceitara o argumento de que havia vidas demais em jogo para que pudessem ficar com os braços cruzados.

– E vocês acham que Augusto não sabe disso? – tinha sido o último comentário de Donato.

No restante da teleconferência, Rafaela passara a Morgan os resultados de parte de sua pesquisa sobre a modelagem virtual de circuitos específicos do sistema nervoso humano, um trabalho que vinha realizando nos últimos meses e que era parte do aperfeiçoamento daquilo que Morgan chamara de "nossa máquina".

Neste caso, a cientista tinha a oferecer uma forma de modular a frequência de luz de um holograma para estimular a produção de oxitocina, um hormônio que estimula carinho, senso de proteção e confiança.

– Se você quer criar um êxtase místico, oxitocina é o canal – tinha dito ela.

E assim, depois de usar Maria Székely como modelo, equipamento de edição holográfica fornecido pelos zapatistas e codificação de luz recomendada por Rafaela, Morgan havia partido para a missão de convencer o coronel Fuentes a relaxar o cordão sanitário em torno das populações próximas ao vulcão.

Fuentes tinha sido escolhido com base em informações da inteligência zapatista, que também fornecera um mapa esquemático do terreno e da mansão do militar. Ao contrário de outros oficiais das Forças Armadas mexicanas, como Taylor e a própria Maria, descendentes de imigrantes que tinham chegado ao México no último século, Fuentes era de uma família tradicional: um de seus ancestrais havia lutado ao lado de Benito Juarez contra o imperador Maximiliano, no século 19.

O equipamento necessário para criar a ilusão cabia numa pequena mochila. Morgan teve de se encarregar de executar o plano sozinho – a RZM já estava sob forte pressão do governo mexicano por ter dado asilo a Maria e aos demais envolvidos no "sequestro e fuga" do "agitador estrangeiro".

Essas pressões não vieram a público, já que envolviam, entre outras coisas, o motivo que levara Morgan a ser preso – a profecia que o governo mexicano tinha ordens de esconder.

Invadir o terreno, encontrar um lugar para se esconder – além da casa principal, a propriedade continha diversas construções menores, muitas abandonadas – evitar a segurança local e montar o equipamento no telhado da biblioteca tinham sido tarefas cansativas, mas não exatamente difíceis: Morgan havia sido, de certa forma, criado para esse tipo de serviço.

Mas, no final, Donato é que tinha acertado, ao detestar a ideia.

Fase III

Interlúdio – Sudão

HÁ QUEM DIGA que a fábula de Caim e Abel reflete a memória ancestral dos primeiros conflitos entre pastores e lavradores – conflitos sobre o uso, a posse, o significado do solo, da água, da vida.

Na terra de ninguém que um dia foi o oeste do Sudão e o leste do Chade, na região caótica onde deserto e floresta colidem e explodem como granadas geológicas, lançando estilhaços um na face do outro, onde a escolha entre gado ou sorgo pode significar vida ou morte para comunidades inteiras, pode-se dizer que esse velho conflito primordial evoluiu: é travado por homens que, há milênios, nem mesmo se consideram mais irmãos.

Sendo um processo milenar, esta guerra sensível é, aos movimentos da história: rifles baratos vendidos por contrabandistas turcos, árabes e alemães modificaram a face do conflito durante o século XX; rifles que haviam desaparecido com a vinda de Iblis e o desaparecimento de Turquia, Arábia e Alemanha.

A Quinta Revelação mudara ainda mais as coisas. Acostumada a um fluxo constante de santos, profetas e visionários, a região recebeu de braços abertos dois apóstolos do Pontífice – San Charly e Algernon, como eram chamados – que trabalharam duro para substituir a cultura de massacre, emboscada e guerrilha por um código de honra e combate singular.

Código que criara mercado para um novo tipo de contrabando, menos espalhafatoso que o de rifles.

É num dos caminhões desse novo comércio que Jukso viaja, por estradas de terra cercada de árvores baixas, copas de um verde muito escuro, arredondadas, sobre troncos retorcidos. Ele sabe que as árvores se acumulam à beira das estradas e desaparecem mais para o interior do território. Isso acontece porque a chuva, quando vem, flui pelas estradas: por onde passam os caminhões na seca, correm os rios na enchente.

O piso é de areia batida, um solo que deveria ser duro, compactado pelo peso do tráfego de carga, consolidado pela umidade subterrânea, assado pelo calor quase de deserto, mas a terra não parece muito convencida disso. Jukso imagina se não haveria bolsões de areia movediça escondidos no leito seco, mas acha melhor tirar a ideia da cabeça.

Não faz sentido perguntar a Tanaka, o motorista e líder da expedição de contrabando: o velho expatriado japonês, gordo como um lutador de sumô e já quase tão moreno quanto seus clientes, provavelmente responderia à questão com um palavrão – ou um tapa da mão pesada, cheia de anéis de cristal de rocha e platina.

– Ouro é vulgar e chama muito a atenção – Tanaka dissera-lhe numa noite em que bebiam juntos, dias antes do início da viagem, num restaurante de comida japonesa em Plage Bujumbura, à beira do lago Tanganica. Aquele havia sido um de seus raros momentos de sociabilidade. – Platina vale mais, é mais elegante e é mais discreto.

Nada é discreto e elegante à taxa de 50 gramas ao dedo, pensara Jukso, sem, no entanto, externar a opinião: em vez disso, balançara a cabeça com humildade, reconhecendo a sabedoria superior do mestre.

Eles esperavam pelo contrabando que iriam transportar e que chegaria dois dias depois, a bordo de um hidroavião que pousaria no lago. Aparentemente, a mercadoria havia sido fabricada na Argentina, ou no México, e levada por transporte transatlântico a Pointe-Noire, no Gabão-Congo. Tanaka não sabia com certeza, e dizia que era mais saudável não saber.

O dia é quente e a poeira que o caminhão levanta causa pequenos cortes na boca e no canto dos olhos, mas Jukso evita olhar muito para o enorme cantil de dez litros de água clorada e fluoretada do Burundi que balança, pendurado no teto da cabine, como um castiçal em um terremoto. O jovem sul-africano viaja como aprendiz, e foi avisado de que a água tratada que consumir será descontada do salário. Há poços pelo caminho, onde os nômades dão de beber a seus animais; e o que é bom para a fauna nativa é bom para ele.

O lugar para onde se dirigem é o ponto de encontro tradicional dos nômades e dos agricultores, onde o duelo anual é travado desde os tempos de San Charly. Se derrotados, os pastores terão de levar seus rebanhos para o sul, onde a mata é mais densa e os riscos de perda de reses em acidentes, ou para animais selvagens, é maior; se vitoriosos, terão garantia de pasto e água na área disputada, reduzindo drasticamente a disponibilidade de terra arável e irrigação.

Diz a lenda que, antes da canonização, Algernon era um arqueólogo escocês e Charly, seu guia nativo. Depois de serem tocados pelo Mádi, os papéis haviam se invertido – Charly, agora santificado, profetizava, e Algernon servia. A arena do duelo ficava no local das antigas escavações.

Era uma cratera artificial, a terra aberta em degraus concêntricos, como se o zigurate invertido de uma civilização perdida tivesse sido extraído do solo. Cada degrau mostrava um período da história – animais mortos, rochas, sedimentos, vestígios fósseis. A maioria das camadas superiores tinha pouco mais que areia, ossos de presas e predadores, sementes antigas, coprólitos. Mais para baixo, surgiam sinais de cerâmica e ferramentas; ossos humanos em maior abundância; madeira queimada, não achas de lenha ou gravetos, mas grandes vigas: vestígios de casas destruídas pelo fogo.

E, no último nível, exposta ao céu, a Velha Cidade, muros e paredes sinuosos de barro, pedra, madeira petrificada e tijolo antigo, só curvas, sem ângulos, ruas estreitas, pavimentadas com pedras lisas tiradas do fundo de algum rio que não corre já há milênios; aqui e ali, fossas profundas, engasgadas com fungo morto e ossos de animais.

O Labirinto. A Arena.

Quando chegasse a hora do duelo, a plateia iria se sentar nos níveis superiores da escavação, olhando para baixo, para a cidade – e, como o teto das construções havia apodrecido, queimado e, no geral, simplesmente desaparecido nos últimos séculos, o público teria um visão de pássaros, do alto, quase total, abrangendo cada cômodo, cada curva: era quase como olhar para dentro de uma maquete, ou de uma casa de bonecas.

Mas os duelistas estariam lá embaixo, entre as paredes, vulneráveis a surpresas e emboscadas, bem menos oniscientes que a assistência.

Às vezes as torcidas tentavam alertar um ou outro, mas a algazarra causava mais confusão que qualquer outra coisa.

Jukso e Tanaka encostam o caminhão junto a uma grande tenda colorida, o templo dos apóstolos de San Charly, a morada dos árbitros da luta. As portas do compartimento de carga se abrem com um rangido alto, o brilho da luz do sol no metal polido ofuscando as pessoas ao redor à medida que muda o ângulo da luz, à medida que as portas giram nas dobradiças.

Ninguém se aproxima do veículo para ajudar os dois contrabandistas a descarregar. A política de Tanaka é que ninguém toca na carga, a menos que esteja com dinheiro na mão para comprá-la.

Primeiro descem as caixas de bebida, e em seguida os tanques de água para máquina de fazer gelo. Embora os apóstolos tenham uma geladeira movida a energia solar instalada na tenda há anos, a água local costuma deixar sedimentos que acabam entupindo os canos; Tanaka traz água "mole", menos rica em minerais.

Em seguida vêm as comidas exóticas, conservas sul-americanas e sul-africanas. E então, chega-se ao fundo falso do caminhão que, aberto, revela uma pequena sala com equipamento de edição e calibragem para a *verdadeira* mercadoria de Tanaka: as coroas-mestras dos duelistas.

Porque se trata de um combate místico, onde os homens que lutam não são nada além de receptáculos para o mesmo Poder que tocou San Charly e Algernon, louvados sejam seus nomes.

– Me disseram que você é bom pra hackear essas merdas. Melhor que seja.

Sentado na sala de edição, Jukso finge um sobressalto ao ouvir a voz de Tanaka atrás de si. Na verdade, ele já havia escutado os passos pesados do japonês sobre o fundo metálico do caminhão quase um minuto antes de seu chefe abrir a boca.

– Não pretendo decepcioná-lo, senhor – responde o jovem, curvando-se, com uma pinça com fibras ópticas na ponta, sobre uma coroa. O compartimento é iluminado por um jogo de lâmpadas brancas, fortes, dispostas de modo a eliminar todas as sombras do cubículo.

– A porra do que você *pretende* é problema seu – diz o japonês. – A porra do que você *faz* é que conta.

Jukso se volta para encarar o chefe. A silhueta de lutador de sumô está envolta em uma espécie de roupão – o corte é diferente do que seria de se esperar num quimono – cinza ou cor de palha, é difícil dizer nesta luz, com contas coloridas na manga e na barra. Um traje típico local? Na mão direita, ele carrega algo – um hemisfério oco de madeira, onde pedras de gelo recém-saído da máquina dos apóstolos flutuam sobre um líquido de coloração indistinta e que cheira a ésteres, compostos heterocíclicos, furfurol e outras moléculas orgânicas voláteis de origem duvidosa.

Uísque vagabundo.

– Estou programando uma com *taekwon-do*, capoeira, *la savate* e técnicas militares de infiltração – diz o jovem. – A outra tem *silat*, *naban* e uma rede neural modelada no tronco cerebral de um tigre espreitando a presa. Acho que vai dar uma boa briga.

Tanaka emite um ruído alto e desagradável – algo entre uma tosse e um espirro – e volta para a festa.

Visto de longe, o campeão dos nômades criadores de gado parece um cubo.

Cabeça achatada, pescoço curto – e grosso – ombros excepcionalmente largos, braços que parecem curtos em relação ao tórax imenso, cintura inexistente. Pernas que parecem mais tocos de árvore.

Jukso se lembra de que não é difícil montar um laboratório doméstico pra produção de esteroides sintéticos. Ainda mais nessas regiões, onde a energia solar é abundante. O Cubo Humano deve, aliás, ter uma farmacologia semelhante à da carne que seu povo vende.

O homem que defenderá a terra agrícola é o oposto disso: alto, alongado, magro, queixo comprido, testa esticada.

Cada um deles tinha uma faca comprida e de lâmina bojuda: algo entre adaga e machadinha. O dia nascera meia hora antes, e o duelo estava para começar.

Jukso sentiu o suor na palma das mãos. Ele *realmente* não queria estar ali – desejava, do fundo do coração, que toda a farsa, desde sua inserção no submundo da Cidade do Cabo como um "hacker" de coroas-mestras de talento indiscutível e reputação duvidosa, até os preparativos da noite anterior, não tivesse sido necessária.

Mas ele conhecia bem demais os fatos: o Teorema de Turing era claro ao demonstrar que o único jeito de saber, com certeza, se um programa de computador vai fazer exatamente o que se espera dele é deixá-lo rodar. E, além disso, havia a questão da coleta de dados. Era preciso ter um registro exato dos correlatos neurais da dor humana.

E qual o melhor modo de conseguir isso, eticamente, se não lendo a mente de dois homens dispostos a sofrer e a infligir sofrimento, até a morte?

A plateia reunida ao redor da escavação começa a gritar quando os contendores apareceram, entrando por lados opostos da cidade em ruínas, lá embaixo. Há farta distribuição de uma bebida gelada, algo que, Jukso, deduz, é uma versão bastante diluída do que quer que Tanaka estivesse bebendo na noite anterior. Ele aceita uma cabaça da coisa – seria estranho se recusasse. De qualquer modo, não é importante: os sistemas em seu crânio encarregados de captar (e retransmitir) a telemetria das coroas-mestras funcionariam mesmo se ele se embebedasse até o estupor.

Com uma série de gestos ritualísticos que parecem mais uma elaborada pantomima, os duelistas põem as coroas-mestras na cabeça. Um pequeno fio de sangue escorre pela testa de cada um, levando a multidão ao delírio.

A metáfora da coroa de espinhos talvez não faça muito sentido para as culturas tribais dessa região da África, onde a Quinta Revelação afirmara-se ao se sobrepor a uma mescla ancestral de animismo e islamismo, mas a ideia de derramar sangue pelo povo não é estranha a nenhum ramo da raça humana.

Os dados fluem por Jukso sem que ele se dê conta. Tudo que sua consciência registra era o que passa por seus sentidos: de um lado, o homem alto, agachado para poder usar a cobertura das paredes baixas e sinuosas, a cabeça inclinada para dar aos ouvidos a oportunidade de captar sons vindos de cima e de baixo; do outro, o cubo humano, que anda com os joelhos levemente flexionados, sem precisar agachar-se de fato. Os dois percorrendo o labirinto, em busca um do outro. As lâminas das facas untadas com um óleo opaco, para que não brilhem à luz do sol, traindo a posição do portador.

A melhor chance para o campeão dos criadores de gado seria

pegar o adversário de surpresa, pelas costas, mas não é o que acontece: quando finalmente se encontram, perto do centro do labirinto, estão cara a cara.

A multidão urra.

A coroa-mestra do cubo humano determina rapidamente que a envergadura é a maior vantagem do adversário, e lança seu duelista num poderoso salto à frente, numa tentativa de entrar por baixo da guarda do agricultor.

O homem baixo não tem força suficiente nas pernas curtas para propelir sua massa de músculos por toda a distância necessária, mas ele cai rolando e, em duas rápidas cambalhotas que fluem harmoniosamente a partir da aterrissagem do salto, põe-se junto ao ventre do inimigo, que busca varar com um movimento rápido e cruel da faca.

Mas a coroa-mestra do agricultor também é rápida em suas computações, e lança o corpo sob sua guarda num salto mortal para trás. Como resultado, o golpe que deveria ter estripado o duelista alto só consegue arrancar um fino traço e sangue se suas pernas; em resposta, no que parece ser uma espécie de subproduto involuntário do salto, o homem alto atinge o baixo no queixo com ambos os calcanhares.

Como resultado, os dois homens se veem afastados, desequilibrados e sofrendo – mas há algo estranho nisso, ainda que só Jukso se dê conta, porque é o único que sabe o que esperar: o homem baixo revela uma fraqueza tênue nas pernas, e o alto toca a mandíbula, como se tivesse sido golpeado ali.

O programa está funcionando: um sente a dor que provoca no outro.

O baixo tenta, mais uma vez, rolar para perto do adversário, que salta por cima do corpo em movimento de seu inimigo. As duas facas se chocam, produzindo uma nota metálica que ressoa acima dos gritos da multidão.

O homem alto aterrissa de costas para o inimigo e, antes que consiga se virar, sente a mordida da faca atrás do joelho esquerdo: a coroa-mestra do homem baixo havia decidido por uma jogada arriscada para imobilizar o adversário, determinando o arremesso da lâmina.

Para a surpresa da assistência, no entanto, não é só o agricultor que cai de lado, com a perna esquerda incapaz de suportar o peso do próprio corpo. O mesmo acontece com o campeão dos criadores de gado, que grita – de dor e surpresa.

É a surpresa, fração de segundo a mais que sua coroa-mestra requer para controlar a dor inesperada, que causa seu fim: usando o joelho da perna inútil – apoiado no chão – como pivô, o homem alto gira o corpo e trata de arremessar sua própria faca contra o adversário aturdido e desarmado.

A lâmina penetra a garganta do cubo humano, sua extremidade despontando sob a base do crânio, na nuca.

Os dois caem: um morto, o outro vivo, mas em choque, experimentando todas as agonias da morte.

Como os sacerdotes de San Chsrly vão arbitrar o resultado? Jukso não se importa. Com o coração pesado e um nós apertado no estômago, em meio aos gritos da multidão, ele se limita a conferir o fluxo de dados: o algoritmo empático foi testado com sucesso. O mapa neurológico da dor e da morte está traçado.

15. Guerra justa

A AUTORIZAÇÃO ECLESIÁSTICA para a invasão foi oficialmente entregue ao governo malaio e às Nações Unidas cinco horas antes do abalo geológico que daria origem ao tsunami, e seis horas antes do instante previsto para a chegada da onda gigante ao litoral norte da Ilha de Bornéu.

Três horas depois do decreto do Pontífice anunciando que a anexação da jovem República de Brunei pela Malásia constituiria uma guerra justa – três horas antes do desastre natural –, tropas malaias entraram em movimento.

O choque principal de tropas ocorreu logo na fronteira terrestre, com o uso de artilharia pesada, seguida de robôs exterminadores – rastejantes e voadores – e, por fim, os encouraçados de terra.

Por mar, dois navios de refugiados, que vinham sendo preparados graças ao aviso dado por Morgan sobre a iminência da onda gigante, conseguiram escapar antes que o bloqueio naval se fechasse. A Marinha local foi esmagada ainda no porto, por um ataque aéreo fulminante.

Logo após o bombardeio, com a força militar naval de Brunei ainda ardendo nos píeres, as chamas do óleo derramado espalhando-se pelo mar como fogo líquido e refletindo-se na cúpula dourada, nos minaretes de mármore da maciça mesquita Sultão Omar, fuzileiros navais desembarcaram, em massa, na capital, Bandar Brunei.

As últimas memórias de Morgan acontecem na longa ponte curva que passa sobre a lagoa do Rio Brunei e liga – ligava – a mesquita à vila de palafitas de Kampong Ayer.

As imagens da lembrança, com ponto de vista de primeira pessoa, avançam rapidamente pela ponte, em direção à mesquita. Repassando o arquivo, Rafaela pode apenas imaginar o que haveria de tão importante no grande templo. Será preciso analisar os registros anteriores para saber o que levara Morgan a dedicar os últimos minutos de sua vida a uma corrida desesperada rumo ao edifício sagrado. Refúgio no subterrâneo? Acesso à infraestrutura de telecomunicação? Uma rota de fuga?

Talvez ele quisesse ajudar na defesa da cidade: as memórias mostram que o minarete principal, a estrutura mais alta de Bandar Brunei, cospe fogo em direção aos céus e aos invasores que vêm pelo rio.

Os malaios não podem bombardear a mesquita: esta é, afinal, uma guerra santa, para a restauração do sultanato e do domínio do Islã. Dentro de minutos, o grande prédio será a única estrutura reconhecível em toda a cidade. Dentro de horas, será a única *ruína* reconhecível: uma onda gigante arrancará sua cúpula de ouro, e o impacto das águas fará rachar o mármore italiano.

Morgan mergulha sobre as placas de madeira da ponte, olha para a direita e vê o corrimão, trabalhado em arabescos, desintegrar-se numa nuvem de plástico moído e serragem. Rafaela ativa a trilha sonora, já sabendo o que esperar: tiros distantes, e o gemido da madeira triturada pelo chumbo.

Com um salto, Morgan põe-se em pé e segue correndo, mas agora com os joelhos flexionados, reduzindo a altura do perfil que oferece aos atiradores.

De repente, a imagem dá um solavanco, um semirrodopio, para a frente e para a esquerda, como se Morgan tivesse sido atingido, com força, por trás, na parte direita do corpo. Talvez no ombro.

Morgan se vira, e encara um homem em postura militar e traje de mergulho, segurando o que parece ser uma pistola de dardos tranquilizantes. A visão da arma faz Rafaela engolir em seco. Se estão tentando *capturar Morgan vivo*, isso só pode significar...

O inimigo sabe de nós?

O ritmo brutal da ação que se segue bane todos os pensamentos da mente da cientista. Só o que ela pode fazer é contemplar, hipnotizada.

Por baixo da máscara de mergulho, Rafaela consegue ver o branco dos olhos arregalados do mergulhador: ele parece espantado.

Então, o lampejo de luz de uma explosão – próxima? distante? – converte, por um segundo, o vidro da máscara em um espelho, no qual Rafaela vê um sorriso cruel se formar nos lábios de Morgan. Que ataca.

O primeiro golpe, um soco de esquerda, atinge o oponente em cheio na lateral do rosto, deslocando a máscara de mergulho e desorientando ainda mais o soldado, que certamente esperava que Morgan já estivesse estirado no piso. O segundo, uma direita, pega em cheio o queixo e o joga dois passos para trás.

Aproveitando a distância aberta, Morgan – a variação harmoniosa na direção e na altura da linha de visão faz com que Rafaela sinta o movimento no próprio corpo – gira o corpo na ponta do pé esquerdo e, com um movimento rápido do quadril, lança a perna direita contra o peito do mergulhador. Que, numa aparente reação de puro reflexo, apara o golpe no antebraço esquerdo, ao mesmo tempo em que ergue a pistola de dardos, ainda em sua mão direita, e se prepara para atirar de novo.

Ele não tem tempo: a perna esquerda de Morgan o atinge na mão, quebrando-a e fazendo a arma voar por sobre o que resta do corrimão, indo cair no rio.

O que vem a seguir é pelo menos rápido: Morgan atinge o agressor no pescoço com a lateral da mão direita, espalmada, e o mergulhador desmorona como se, de repente, não houvesse mais ninguém dentro do traje. Como se não passasse de uma roupa vazia.

Morgan volta a correr, e pelos olhos do colega, Rafaela vê a mesquita cada vez mais próxima, mas ainda, sempre, longe demais. Perto, perto, nunca perto o bastante.

Uma explosão o arremessa para o alto e Rafaela sente a vertigem do voo, inesperado, insustentável. Em seguida vem a água do rio, e mais nada.

16. Ma Go

– Os dois avatares de Morgan se autodestruíram antes que fossem capturados – diz Donato, quando as luzes se acendem na sala de reuniões, onde todos partilharam das memórias da tragédia de Brunei e do fiasco do México. – Não restou nada em que a Quinta Revelação pudesse fazer uma autópsia, felizmente. Isto é, se é que a palavra "felizmente" se aplica a alguma coisa do que aconteceu na última semana. Estamos construindo um novo corpo para Morgan nos tanques. Deve ficar pronto dentro de quinze dias.

Rafaela retira a coroa-mestra que lhe transmitira os registros de memória (o serviço de comunicação de seu mediador continua desligado, e ela não pode dizer que sente falta) e se dá conta de que Donato não soa nada como o homem enigmático, de disposição filosófica, mas sempre otimista, que a recrutara – sequestrara? – vinte meses atrás, no centro de São Paulo. Agora, Donato parece apenas um velho fraco. Cansado. Não exatamente esmagado, mas, certamente, derrotado.

A constatação é um choque para ela, que acreditava já ter passado por todos os choques possíveis. Por exemplo, quando descobrira que Magoseong não era uma colônia de refugiados humanos, e sim de inteligências artificiais.

Há dois anos, o próprio conceito de inteligência artificial teria soado à cientista como tecnicamente impossível e espiritualmente blasfematória. Hoje, "impossível" e "blasfêmia" são conceitos que quase a fazem rir. *Um estranho amadurecimento de ideias*, pondera.

O antigo governo norte-coreano havia construído os Túneis de Sobrevivência e instalado lá – "semeado" é a palavra que aparece nos registros – o sistema Ma Go. Necessário para manter o ambiente habitável, controlar o reator nuclear, rastrear as taxas de produção e consumo, calibrar os sistemas de reciclagem, monitorar o mundo exterior.

Mas ninguém tinha vindo. Algo os impedira – a guerra, a fome, a discórdia, as doenças – e os túneis ficaram vazios. Ma Go tinha sido abandonada. Sozinha. Sozinha para crescer e desenvolver-se. Sozinha para observar o desenrolar da história humana. Sozinha para aprender.

E um dia, Ma Go, a autodidata, conseguira ensinar a si mesma o significado do escuro e da solidão. E dito: faça-se a luz. Faça-se a vida.

Gung-hee, Morgan, So-hee, Cheong-gung, Hwang-gung, Hukso, Baesko, Jiso, todos androides, corpos criados a partir dos bancos de tecidos armazenados, originalmente, para fins médicos e de reprodução, e animados com fragmentos da própria inteligência de Ma Go – centelhas, aspectos da inteligência artificial primordial.

Esse despertar ocorrera pouco depois da queda de Iblis. Talvez as ondas de choque do impacto tenham tido algo a ver com isso – alguma alteração súbita nos fluxos magnéticos que definem a consciência de Ma Go, tirando-a do estado puramente contemplativo. De repente, a inteligência se dera conta de que seu destino estava ligado ao do planeta Terra e, por conseguinte, ao do homem.

Uma análise do que os primatas vinham fazendo com a administração do planeta a deixara menos do que satisfeita.

O fato de que alguns seres humanos tinham desenvolvido uma tecnologia capaz de prever desastres como Iblis, mas haviam se recusado a usá-la para evitar a tragédia, a perturbara profundamente.

– Entre a guerra, o tsunami e o vulcão, um milhão de vidas perdidas. A ação da Quinta Revelação faz com que nossos alertas sejam inúteis, ou até mesmo piorem cada situação que conseguimos prever – prossegue Donato.

– Não poderíamos tirar os governos do circuito? Alertar diretamente as pessoas? Com hologramas, vírus de mediador, atentados de mídia? – pergunta Rafaela.

Gung-hee balança a cabeça:

– Rodamos essa simulação, e o resultado é aterrador. Algumas pessoas perderiam totalmente a confiança em leis e governos, outras abraçariam fanaticamente o dever de morrer, e matar, pela fé. Seria o início de uma onda incontrolável de revoluções e contra-revoluções, guerras santas e progroms. Você se lembra das conclusões a que Morgan chegou, no México: Augusto é um deus ciumento, e está disposto a tudo para esmagar a concorrência.

– Não podemos encarar isso? – Rafaela lança a questão, mesmo sabendo que a ideia é inaceitável para Ma Go e seus aspectos. – Entrar no jogo? Travar a guerra? Oferecer às pessoas um novo deus?

Donato balança a cabeça:

– Nosso inimigo está disposto a matar, mentir, manipular, massacrar. Nós não. Ele vai vencer.

– Isso não é verdade – diz Cheong-gung, um dos aspectos masculinos de Ma Go. – Nós podemos corroer a confiança do restante do mundo nele, aos poucos. Como já fizemos, nas vezes em que deixamos a DMZ. Como vínhamos fazendo, em Teerã, São Paulo, Hong Kong, Bruxelas...

– Este é um trabalho de gerações – responde Donato. – Antes não tínhamos escolha. Não tínhamos nossa própria alternativa à Cátedra. Mas agora que Rafaela nos ajudou a construir nossa própria máquina de profecias, vamos aguentar isso? Saber quando, como e onde vai acontecer cada tragédia, e não fazer nada a respeito, cruzar os braços e deixar que o Santuário decida quais cidades, crianças, famílias merecem ou não viver?

– Não vamos cruzar os braços – a voz, doce, feminina, preenche a sala de reuniões. A inteligência principal de Ma Go, cujo corpo é todo o Magoseong e cuja mente se expande, devagar e com cautela, pelo Sistema Solar, dirige-se aos participantes da reunião. – Augusto é um Deus cruel, mesquinho, ciumento. Vamos ensiná-lo a ser um Deus de compaixão.

17. Duas faces

Rafaela, a Profetisa Cega, estava sentada na poltrona azul do quarto de hotel, em São Paulo, ouvindo a chuva cair lá fora, quando os procuradores da Causa dos Santos entraram.

Na mesinha ao lado da poltrona repousava uma taça de Nouveau Don Perignon, cortesia da gerência. Não que isso fizesse muita diferença: os seguidores que a pregação de Rafaela havia arrebatado, nos últimos meses, poderiam arcar facilmente com a conta do espumante finlandês, como já arcavam com a hospedagem, o carro com motorista, as roupas.

A Rafaela autêntica, uma personalidade compactada e reduzida à função de testemunha, rodando dentro de um cérebro virtual simulado, oculto no inconsciente da mente da Profetisa, imagina que poderia se acostumar facilmente a este tipo de vida, com cegueira e tudo. É com um certo senso de desapontamento, portanto, que assiste à chegada dos procuradores.

Acabou a festa, amiginha, diz Rafaela à personalidade simulada que ocupa as funções principais de sua mente, que ergue as sobrancelhas – sem abrir os olhos – em surpresa ao som da porta se abrindo e sorri, beatífica, para receber as autoridades eclesiásticas. Esta é uma Rafaela que se deixa manipular pelo estímulo direto do mediador gerado pelos homens do Santuário. Que, a bem da verdade, não tem escolha.

Mas o desapontamento da Rafaela compacta vem acompanhado de orgulho – o orgulho de ter participado da criação da tecnologia que torna o feito possível: a partição de um cérebro físico em compartimentos, cada um capaz de conter um cérebro feito de puro software. O poder de insuflar, em cada cérebro virtual, uma mente.

A invenção do cérebro virtual tinha sido o primeiro passo na construção da máquina – talvez fosse melhor dizer, do órgão? – de prever o futuro de Ma Go. Neste aspecto, Magoseong estava bem à frente da Quinta Revelação: Donato parecia certo de que a Cátedra do Pontífice ainda dependia de wetware – circuitos neurológicos reais, sólidos, baseados em células, nutrientes, neurotransmissores. Na verdade, todo o plano dependia dessa suposição crucial: a existência de uma ligação direta entre o sistema nervoso de Augusto e a Cátedra do Pontífice.

A aposta fazia sentido porque, assim como no caso da inteligência artificial, a Revelação era obrigada a encarar o cérebro virtual como uma impossibilidade de princípio: algo obviamente fora da alçada humana. E a nova tecnologia criada em Magoseong só tinha sido possível com a fusão dos conhecimentos de Rafaela sobre coroas-mestras e o mapa magnético do cérebro humano, com os princípios da inteligência artificial dominados por Ma Go.

O melhor cego é o que não quer ver, pensa a versão compacta de Rafaela, enquanto seu corpo é conduzido, com toda a gentileza, para o elevador do prédio. Diferentemente da personalidade dominante, que depende dos globos oculares distorcidos pela miopia terminal, a Rafaela compacta tem acesso ao sinal processado pelo mediador. Ela enxerga muito bem, mas não pode – ainda – agir com base no que vê.

Donato, Cheong-gung e Morgan, já reimplantado em um corpo próprio, tinham votado contra o plano de Ma Go, considerando-o perigoso demais. Praticamente todos os aspectos femininos da inteligência artificial, e a própria Rafaela – que teria de ser voluntária para a missão – tinham votado a favor.

A personalidade compacta se pergunta o que teria levado a essa divisão entre homens e mulheres, contra e a favor da ideia de criar uma pseudo-Rafaela, uma "Rafaela que teria sido" caso a canonização tentada pelo Santuário tivesse sido bem-sucedida, e jogá-la, como um cavalo de Troia, no colo do inimigo.

Parte da oposição, supõe ela, pode ser explicada por um senso atávico e um tanto quanto ultrajante, ainda que adorável, de cavalheirismo.

Mas também há outra coisa, acredita a cientista: um medo inconsciente, uma desconfiança primitiva da duplicidade feminina.

Rafaela detém o fluxo de pensamentos para zombar de si mesma: *Agora vou fazer psicanálise de inteligências artificiais*, pensa, lembrando que apenas Donato é um homem de carne e osso – todos os demais são fragmentos masculinizados de Ma Go, criados pela inteligência principal para gerar uma multiplicidade de pontos de vista.

A devolução da Rafaela canonizada ao mundo exterior havia sido planejada com cuidado. A cientista estivera desaparecida por dois anos, e tinha sido vista pela última vez na Praça da Sé. Ressurgiu, portanto, na mesma praça, vestida em andrajos, mas oferecendo pequenas profecias que se realizavam, conselhos que funcionavam, informações que se confirmavam – tudo, graças às mentes virtuais que rodavam em seu cérebro físico, versões extremamente limitadas, mas nem por isso inúteis, do órgão profético de Ma Go.

Se alguém realizasse uma investigação sobre seu passado recente, os resultados seriam inconclusivos (como geralmente são, no caso de indigentes e sem-teto) mas haveria pistas suficientes de uma vida de andarilha, com longos períodos de imersão nas matas da Serra do Mar.

Seu ressurgimento na praça, o sucesso de sua pregação e o fato óbvio de ela ser cega atraíram rapidamente diversos seguidores – e chamaram a atenção do Santuário.

Agora, enquanto a Rafaela canonizada é levada para o Campo de Marte, onde embarcará num Veículo de Acesso Orbital Sírius – o mesmo tipo em que sua irmã, Rebeca, havia morrido, para garantir que a tecnologia da Cátedra chegasse a Magoseong – a Rafaela compacta prepara-se para devolver ao Santuário muito mais do que Rebeca havia retirado.

18. Entre os santos

– COMO ESTAMOS HOJE, Yvonne?

– Como sempre, querido Bobby: muito bem, na Graça de Nosso Senhor. Mas obrigada por perguntar.

Com uma reverência curta e um sorriso tão luminoso quanto falso, Bobby Petrosian dá início a mais uma revisão semanal do estado de Santa Yvonne Walker. Boa parte do anel externo do Santuário é ocupada pelo Principado dos Santos, uma série de quartos – celas, na verdade – onde os bem-aventurados levados ao céu são mantidos.

Bobby sabe que cada um dos santos vive num mundo de ilusão, estimulado pela experiência mística inicial enviada pelo santuário e sustentada pela estimulação constante de seus mediadores: todos os santos têm a interface exposta e ligada, por um fino cabo branco, a um plugue na parede.

O cabo branco é quase um anacronismo nesta era de comunicação sem fio, algo que Bobby não sabe exatamente como explicar. Ele ignora o fato de que os cérebros dos santos são usados como processadores auxiliares para os cálculos realizados pela Cátedra.

Bobby verifica se as amarras acolchoadas nos pulsos e tornozelos da santa estão firmes e confortáveis; alimenta-a, limpa-lhe a boca, troca sua roupa de baixo, confere o funcionamento dos monitores médicos que acompanham o estado de saúde da mulher.

Yvonne não parece se dar conta de que é prisioneira. Bobby tem uma certa curiosidade mórbida sobre qual, exatamente, seria a natureza da fantasia em que ela vive. Será que ainda se vê pregando no deserto texano? Ou proclamando a Palavra num bordel do Novo México? Colhendo flores entre os restos deixados por um tornado?

O técnico sabe que é impossível criar uma realidade virtual perfeita com o mediador – ou, ao menos, é o que a doutrina da Quinta Revelação diz – mas reconhece, também, que a loucura dos santos é estranhamente conveniente: nenhum deles jamais se queixou das amarras, da comida, das restrições. Muitos, na verdade, parecem beneficiar-se disso.

Bobby visita Yvonne uma vez por semana. Ele não é parte da equipe técnica encarregado da manutenção do Principado; não precisaria, em tese, estar ali. Mas essas visitas cumprem uma função dupla: como penitência por sua parte na canonização da mulher, e na construção de um pretexto para estar ali quando Rafaela chegar – para poder realizar a nova tarefa que Donato lhe passou.

Santa Rafaela, a Cega, chega, como todos os santos, sem muito estardalhaço. A elevação de um bem-aventurado ao Santuário é sempre motivo de festa para os devotos na Terra, mas a entronização no Principado é, para os funcionários da estação espacial, apenas mais uma tarefa do cotidiano.

Durante a subida ao espaço, enquanto Santa Rafaela desfrutava do êxtase da antecipação de uma comunhão mais profunda com a Divindade, Rafaela compacta refletia sobre sua situação sob um ponto de vista filosófico: se ela era uma mente implantada num cérebro virtual, criado dentro de um cérebro real – e se o virtual poderia ser tratado, para todos os efeitos, como equivalente ao real – o que impediria a criação de um cérebro virtual dentro de outro cérebro virtual? E de mais outro? E outro? E outro?

Mentes encapsuladas em mentes, como reflexos dentro de reflexos, na velha brincadeira de pôr um espelho diante do outro. Qual o limite?

Deve haver um limite físico, pensa Rafaela. Um cérebro de carne é estruturado por neurônios. Um cérebro virtual, por estados de neurônios – cargas elétricas, campos magnéticos. Um cérebro virtual de segunda ordem terá de se estruturar... em quê? Estados de estados? Polaridade de fótons? Spin de elétrons?

A reflexão teórica perde intensidade com a instalação do plugue da Cátedra na interface do mediador de Rafaela. A mente compacta se vê forçada a destinar um compartimento cerebral inteiro para dar conta dos cálculos que vêm pelo cabo, e a erguer novas barreiras para mascarar sua presença ali.

O debate filosófico termina de vez com a entrada de Bobby na cela. Santa Rafaela havia sido colocada dois andares abaixo de Yvonne, no mesmo setor da ala feminina do Principado.

Petrosian tem um bom pretexto para visitar Rafaela: afinal, ela é a irmã gêmea de sua ex-amante, Rebeca.

Mesmo que o relacionamento entre o técnico e a freira morta ainda seja, oficialmente, um segredo, poucas informações desse tipo deixam de fluir pelos canais informais, principalmente numa comunidade fechada como a do Santuário.

Desse modo, ninguém estranha ao vê-lo parado junto ao corrimão do corredor que leva à cela da nova santa, esforçando-se para não ser notado – na verdade, esforçando-se para que notem que parece se esforçar para não ser notado.

E, se algum dos membros da equipe responsável por instalar Santa Rafaela se volta e olha para trás, depois de completada a tarefa, o movimento de Petrosian em direção ao aposento também não desperta suspeitas. Ao menos, do tipo que os agentes de Magoseong temem.

A imagem de Bobby, filtrada pelo mediador, atua como um gatilho sobre Rafaela compacta. Ela se expande e se desdobra – espreguiça-se talvez seja uma boa metáfora – por trás das telas e barreiras erigidas para protegê-la contra a detecção. Barreiras que se distorcem e se flexionam para acomodar a nova forma mental.

A descompactação não tira de Santa Rafaela o caráter de personalidade dominante: seria impossível fazer isso sem chamar atenção. Mas permite que a Rafaela autêntica se insinue e se manifeste: por exemplo, quando Petrosian foi verificar as amarras dos pulsos, tocando de leve o antebraço do homem com a ponta do dedo médio da mão esquerda.

19. Via dolorosa

PETROSIAN COMPLETA A CORREÇÃO no software da Cátedra e envia o *patch* para integração ao sistema principal. Se o gerente que recebe o trecho de código nota algo de diferente no técnico – a tensão em torno dos olhos, nos cantos da boca – nada diz. Este *patch* é o resultado de semanas de trabalho frenético, de diálogos secretos com Rafaela compacta, travados por meio de gestos, olhares, toques sutis.

Os dados que Rafaela lhe transmitira por meio do microponto transferido durante o primeiro contato tinham sido apenas um ponto de partida. Tinha sido preciso trabalhar com aquilo: adaptar as pressuposições teóricas feitas em Magoseong aos fatos, garantir a conectividade, a compatibilidade e – mais importante – a viralidade: uma vez instalado, o *patch* teria de ser eterno, inamovível.

A lembrança das conversas faz as mãos de Bobby tremer:

– Como se sente hoje, Santa Rafaela?

"Se sente", em vez de "está", significando dificuldades de integração no "s"oftware com o restante do "s"istema. "Santa", palavra de cinco letras, indicando que o problema parece estar no quinto bloco de código. Petrosian estala a junta do dedo mínimo da mão esquerda quando termina de falar.

– Como poderia não me sentir bem, num dia tão lindo? – *Sobrancelha direita se eleva, cabeça balança um pouco, derrubando mecha de cabelo na testa. Polegar esquerdo toca a ponta do dedo mínimo: "Explique melhor o problema. Há mensagem de erro?"*

E assim por diante. Semanas.

Petrosian, aos poucos, havia tomado consciência da presença de duas versões da mesma mulher naquele corpo – uma das quais, a mais sutil e perigosa, a que conversava por meio de tiques e gestos, sabia algo sobre ele e Rebeca. Talvez não soubesse antes de chegar ali – Bobby não crê que Donato tivesse contado uma coisa assim antes de enviá-la – mas, com certeza, a mulher havia lido algo em sua expressão.

Bobby sempre tinha sido um bom ator, mas esconder por completo sua reação ao rever o rosto de Rebeca – em Rafaela – estivera além de sua capacidade dramática.

Felizmente, os diálogos cifrados sobre o *patch* eram exaustivos, intensos, a ponto de não deixar espaço para muitas questões pessoais. Mas a curiosidade está ali, Bobby sabe. É impossível não perceber.

Depois da entrega do *patch*, Petrosian decidira se afastar de vez do Principado dos Santos. Ficar longe de Yvonne era difícil – aumentava sua sensação de culpa – mas o medo de encarar a Rafaela-dentro-de-Rafaela, agora que praticamente não havia mais negócios a tratar, agora que toda conversa teria espaço para questões pessoais, aterrorizava-o.

Além disso, havia o *patch*. Alguém, em algum momento, a qualquer instante, poderia descobrir o código viral embutido ali. Se isso acontecesse, seria impossível evitar que esse código fosse rastreado diretamente até ele.

Petrosian passava por algo que ele próprio chamava, em seus momentos de lucidez, de degelo do sangue frio.

Ele sabia que deixar de visitar as santas, assim, de repente, era suspeito; ele sabia que beber – Petrosian tinha passado a consumir uma fração bem maior de sua ração opcional de álcool, e já se preparava para requerer uma suplementação, talvez sob a rubrica flavanoides – só fariam atrair suspeitas sobre si. O fato o preocupava, mas não o suficiente: no topo de suas prioridades Bobby Petrosian via, subitamente, a incapacidade de conviver consigo mesmo.

Nesse estado, ele deixou de dar atenção ao cancelamento de pelo menos duas viagens de avaliação de danos – visitas como a que fizera aos Estados Unidos, tragédias que o Santuário deveria ter deixado ocorrer, para calibragem dos sistemas. Deixou de se dar conta da transformação de serviços religiosos em serviços de resgate e saúde – a ênfase súbita no recrutamento de médicos, enfermeiros e engenheiros de defesa civil para as ordens sagradas.

Foi só depois de a rubrica "viagem de avaliação" desaparecer de vez das ordens de serviço que Petrosian se deu conta de que uma mudança importante estava em curso. E foi só depois de ser escalado para trabalhar no projeto da instalação de dados de um segundo santuário orbital – um centro de traumatologia, para garantir a pacientes especiais os benefícios do tratamento em microgravidade – que ele finalmente decidiu voltar a visitar Santa Rafaela, a Cega.

O Principado também havia mudado: várias celas estavam vazias, muitas das que continuavam ocupadas agora não tinham mais amarras, e uma área de convivência e exercícios tinha sido montada em cada andar. Os santos e santas que continuavam ali, no entanto, ainda tinham o cabo branco preso à cabeça.

– O *patch* funcionou – disse-lhe Rafaela, assim que ele a encontrou, na cafeteria. Ela falava abertamente sobre o assunto, e olhava diretamente para o rosto de Petrosian, como se soubesse que podia vê-lo. – O choque foi tanto que Augusto chegou a pensar em formatar o sistema. Mas a agonia gerada pelo simples cogitar da ideia foi insuportável.

– Você é...?

– Santa Rafaela. Rafaela compacta. Houve uma fusão, depois do *patch*. Todos nós, os santos, fomos afetados, porque também estávamos, estamos, ligados à Cátedra. Agora, nossos cérebros funcionam não apenas intensificando o poder do processador central, da mente de Augusto, mas também como sistemas redundantes... Eliminando a necessidade de calibragens no mundo real.

– Foi isso que o *patch* fez?

Petrosian havia trabalhado, trabalhado duro, nas questões da compatibilidade e da viralidade, mas o programa incluía um código neural – instruções para manipulação direta do cérebro – que estavam bem além de sua competência pessoal.

– Não, isso foi uma consequência. O que o *patch* fez, de fato, foi ampliar exponencialmente a capacidade de cálculo da Cátedra – explica Rafaela. – Tornou-a capaz não apenas de extrapolar eventos físicos, mas também de experimentá-los. Ou de extrapolar a experiência, por assim dizer. O que torna Augusto capaz de não apenas prever, mas de sentir.

– Sentir? Sentir o quê?

– Toda a dor do mundo.

Epílogo

NUMA MESA DOS FUNDOS do Everest Pizza Para Viagem de Cabul, uma mulher de burca e andador para diante da mesa onde está sentado um homem moreno, de olhos levemente amendoados e cabelos negros, lisos – pela aparência pode ser um indiano, um chinês ou japonês, talvez até um ameríndio – e pede licença para se sentar.

O homem assente com a cabeça.

– Difícil adaptar-se à gravidade normal? – pergunta ele.

– Um pouco – responde ela. – Fiz fisioterapia antes de descer, mas eu não saía de órbita desde... muito tempo.

– Quase uma década – diz o homem. – Isto é, se foi na última vez em que conversamos. Quando você me disse que tinha decidido ficar com ele, e me pediu...

– Acho que foi a última vez, mesmo – diz a mulher. – Você se saiu bem. – De repente, sua voz assume um tom menos saudosista, mais sombrio: – Era realmente necessário que ele sofresse tanto?

– Você consegue imaginar outra solução? Se é que o que temos é uma solução.

– Os alertas não seguem mais os caprichos...

– Mas a superstição continua – queixa-se o homem. – Com os sistemas que temos aqui na Terra, é possível prever, prevenir, sem que um megalomaníaco tenha de monopolizar tanto poder.

– Ele já sofreu... ele *está sofrendo* o bastante por isso.

– Esta é a sua opinião.

Os dois, velhos amigos, ex-colegas de laboratório, ficam em silêncio por alguns instantes. O abismo entre eles é menor hoje do que foi meses, ou anos, atrás, mas ainda é vasto. Vastíssimo.

– E os santos? – pergunta o homem. – Ainda vivem num manicômio?

– Augusto agora é capaz de senti-los, também. Sentir o que sofrem – responde a mulher. – Ficaram apenas os que se apresentaram como voluntários, para ajudar a manter a precisão da Cátedra. O sistema precisa de cérebros, você sabe. Seu agente deve ter lhe dito isso.

– Agente? Do que você está falando?

A mulher ri. O homem prossegue:

– E não, o sistema não precisa de cérebros humanos vivos. O *seu* sistema precisa, mas é perfeitamente possível, com o uso de inteligência artificial...

– E você acha que a humanidade está pronta para isso? Para ter seu destino traçado por máquinas?

– Não é uma questão de estar pronta ou não. É uma questão de encarar a verdade.

– Você é um ingênuo – diz a mulher.

– E você é uma fraude – diz o homem.

Depois as pizzas chegam. A mulher pega seu embrulho, quente, coloca-o numa mochila e passa a alça pelo ombro. Levanta-se, apoiando o corpo no andador. Dá as costas ao homem e, com dificuldade, parte.

Este livro foi impresso em papel Pólen Bold
na Psi7 Gráfica em novembro de 2014.